小说家的散文

潘国灵 著

回头我就
根浮木

河南文艺出版社
·郑州·

图书在版编目（CIP）数据

回头我就变了一根浮木 / 潘国灵著. --郑州:河南文艺出版社,2021.11
（小说家的散文）
ISBN 978-7-5559-1127-2

Ⅰ.①回…　Ⅱ.①潘…　Ⅲ.①散文集-中国-当代　Ⅳ.①I267

中国版本图书馆 CIP 数据核字（2021）第 180838 号

选题策划　　陈　静
责任编辑　　陈　静
书籍设计　　刘婉君
责任校对　　丁　香

出版发行　　河南文艺出版社
本社地址　　郑州市郑东新区祥盛街 27 号 C 座 5 楼
承印单位　　河南瑞之光印刷股份有限公司
经销单位　　新华书店
开　　本　　787 毫米×1092 毫米　1/32
印　　张　　9.125
字　　数　　140 000
版　　次　　2021 年 11 月第 1 版
印　　次　　2021 年 11 月第 1 次印刷
定　　价　　45.00 元

印厂地址　河南省武陟县产业集聚区东区（詹店镇）泰安路
邮政编码　454950　　电话　0371-63956290

作者简介

潘国灵，香港作家，现任教于香港中文大学。作品在港、台、内地（大陆）出版，主要有小说集《离》《失落园》《静人活物》《亲密距离》、长篇小说《写托邦与消失咒》、图文集《消失物志》、散文集《七个封印》《爱琉璃》、诗集《无有纪年》等多部，屡获文学奖项，包括第27届青年文学奖小说高级组冠军、中文文学创作奖季军、香港中文文学双年奖、香港书奖等；个人曾获香港艺术发展局颁发的2007年"杰出青年艺术奖（文学艺术）"、2011年"年度最佳艺术家奖（文学艺术）"。

目录

校园

少年浪掷时光

3

旅游

在路上,游走或者停歇

影像

光与影的袂离

书写

我在写作疗养院中度过若许年

家庭 无可折返的家园

我的坚尼地城

小时候，只要说出家中地址，父亲的职业马上便会被猜到。加惠民道坚尼地城警察宿舍。在这里，我度过了十五年岁月。两年前，这地方宣布要清拆了，未来好像将被改建成马路大桥之类的。什么都不重要了。童年地方被夷为平地，我想，这是很多香港人共有的经验吧，不过，一旦发生在自己身上，还是有一种黯然的感觉。

十个月前，故地重游，三座宿舍单位依旧存在，只是除 C 座以外，我住过的 A 座、B 座，已经人去楼空了。附近的摩星岭平房区也封塌了。我像闯入一个空城，偷偷摸摸地，拿着新买的数码相机，为这地方留下最后的影像。平日记忆是一个轮廓，一旦踩在实地，记忆就大把大把地回来，尽管零碎不堪，但到底是生活。

曾经，这里有茶水部、有士多、有合作社，合作社真是合作的，没钱付可以赊账，也不会给你脸色看，小孩子嘛，况且都知道生活

3

艰难;先在账单上盖个图章,不怕你不认账,月底还清就好了。有一个蓝色门的房间,里头有人当值,我们小时候一直叫它作"巴沥",到现在我也不明白此名何来(是 barrack 吗?),只记得小时候停电了,就到"巴沥"拍门求助,把保险丝接好,这里,就是大厦管理处吧。这时候,街头还是活动的场所,而不仅是赶赴目的地前的过场,有叫卖衣裳竹的、磨铰剪的;有每天早晨卖猪肠粉的;有上门理发的婆婆在走廊一角替小孩"飞发";有小手工作业在交易,孩子帮助母亲把一袋一袋重甸甸的锁匙扣放在磅上,断斤计,一斤七毫,毫毫皆辛苦(其他小手工作业还有圣诞饰物、录音带等)。有孩子在长廊上打羽毛球,在空地上跳橡筋绳。这些小孩子之中,有我的身影。

我挪移脚步,每一脚步都轻踏着童年记忆。走到 B1/5F 我曾住过的单位,门虚掩着,竟然没上锁,我一推,灰尘扑鼻,还有前身废置的家私,灯火当然没有,黑漆漆的,关上门,我便由公众空间闯进私人空间了,私密的回忆随之涌上脑海。

这个四方空间曾经住着我们一家七口。父亲管教甚严,我没有太多与同伴出外游玩的机会。经常困在家中一角,可以望到窗外招商局码头蓝蓝的海和焚化炉的三支烟囱,烟囱喷出黑烟犹如我的鼻孔喷出怨气;附近有屠房,有时嗅到动物尸体的腐臭,有时听到惨绝人寰的嘶叫,像向屠宰者做垂死求怜,又像呼喊着自身命运的悲哀。晚上在骑楼举头可以看见大片深蓝天空和点点星宿,寂寞的时候可以望天打卦,数数天上的繁星;月亮时圆时缺、时远时近,近的时候压在头上仿佛伸手就可以触到。窗台与骑楼,一端是海水的蓝,一端是天空的蓝,映衬着我成长岁月的灰蓝,包围着我又像被我所占有,向小小心灵透露着生之秘密。这个时候,天空还可被仰望,街景还可被远眺,海景非有钱人豪宅的专利,视线可以伸至很远。囿在一角,心思却可以飘到九霄云外。眈天望地,确实是成长的一部分,对如今孩子来说,或者如玩猜楼梯一跳十级、到垃圾池拾玩具一样不可思议。

故地神游,多情应笑我。只是匆匆一瞥,未许端详。这个城市,以至于生命,有什么是永久的,请告诉我。

二〇〇四年四月二十八日

就在我家后园

呱呱落地甫张开眼睛,垃圾焚化炉三支烟囱便立于海傍,吐出黑烟,那时压根儿不知道什么是二噁英。三支高矮有别的烟囱像三炷香,祭着隔邻屠房惨被宰割的猪牛,空气中隐隐传来嘶喊。旁边就是维多利亚公众殓房。那不仅是视觉、听觉,还有嗅觉,垃圾的烧焦混同动物的尸臭,蚀入空气。好在一大片天空与无遮无挡的深海视野驱散了许多秽气,龌龊与诗意并存。那时不懂得问,焚化炉、屠房、殓房怎么不在城中其他地方却偏偏在这北岸西边。因为一出生它们就立在这里,好一段日子几乎包围着我,于是变得好像自有永有。到懂得追问,那已经是搬离这片地方之后,开始对身边物事有更热切的知性探求——噢,原来一切事非偶然,跟我城的地区发展史密不可分。

《四环九约》一书说道:"坚尼地城位于石塘咀以西,处于港岛北岸的西端,又称西湾,又因人们常在该处弃置垃圾,又称为

'垃圾湾'。……由于坚尼地城开发较晚，而且位于港岛西陲，地处海滨，因此菜市场、屠房、传染病院都设在这里。此外，这儿还有不少大小工厂和仓库。"其实，垃圾、屠房、疾病，以及招商局码头，每样追寻下去，都是历史。说到传染病院，现时坚尼地城巴士总站小草坪内，仍立着一座东华痘局的拱门和奠基石。天花烟灭，几代人手臂仍留着种牛痘的印记，包括我。兴建于一九六〇年代的加惠民道警察宿舍，没有曾荫权特首住过的荷李活道警察宿舍那么受人注目，空置多年可也接受电影申请作拍摄场地。不远处的摩星岭公民村是最早期的徙置区之一，金字石棉瓦顶砖自成一角，于二〇〇三年全部被拆除，不留一丝记忆。

十多年来，我曾三度重访儿时旧地，看着它一点一点改变，每次都感触良多。加多近街的曾灶财墨宝早被清除，钟声慈善社学校早已停办。道慈佛社等候搬去屯门。二〇〇二年空置至今的警察宿舍仍在，只是人去楼空被铁丝网重重包围。屠房、焚化炉停用多年，建筑物仍空置在那里，一片鬼蜮废墟似的，却是安宁得不能再安宁。外籍学者 Laurent Gutierrez、Valérie Portefaix 在 *Mapping Hong Kong* 一书中曾将香港不同的空间按特性分类，其中一个显要类别，是"软消失"（Soft disappearance），指的是建筑物等待拆卸至重建之间的特异状态，所占据的时间可短可长。没多少人会留恋以上的建筑物，我却暗暗期盼它们的"软消失"状态可以有多长拖多长——不为什么，纯属私人理由，只要成长记忆还找到地方浮标，便不至于抛锚或者搁浅。而我知道，它们终将褪入虚拟，无可复归。

　　一些不堪但必须存在的建筑物，曾几何时，就在我家后园。那时我不懂得问为什么，邻居也没有问。现在人们说到"别在我家后园"（Not in my backyard，简称 NIMBY）——地区利益 vs 大众利益，有论者认为必须透过公民教育来让市民改变这不好的心态。只是我认为，"别在我家后园"正是公民社会发展到某阶段，市民可以对社区规划多发言的副产物。就在我家后园，可以以此题目书写西环一笔，这不全是为了怀旧。未来随着市区重建及地铁进入西环，现时仍保着一点旧区文化的西环必将失守，这地区很多历史还没来得及记下便将一一湮灭。我多么盼望我可以写，只是单人乏力，来不及了，但愿有更多有心人。

二〇〇九年二月二十八日

成长地化作无有乡

彼得的成长地在这个城市的西端,是一个荒废之地,像一个废墟,就让我们叫这个地方作无有乡。无有乡的底色是深蓝色的,深蓝色的海,深蓝色的天,天空有时被一道黑烟遮掩,来自焚烧城中垃圾的焚化炉,三支焚化炉烟囱直立于天地间,焚烧垃圾时烟雾自烟囱口喷出,看起来像是祭祀无有乡的三炷香,只是这三炷香怎么烧也烧不完,不若彼得家中神龛的黄线香,经不起燃烧未几就化作跌入香炉的烟灰。曾几何时,彼得以为这三支焚化炉烟囱是自有永有的,他不懂得问,这三支不会瓦解的烟囱怎不在城中其他地方却偏偏在这日落西边,他不懂得问,因为无有乡,在相当一段成长岁月里几乎就是包围着他的世界。

正如他不懂得问,怎么焚化炉右边有一座屠房。屠房之内,牛死得多还是猪死得多?牛叫声和猪叫声,在屠房刽子手的磨刀霍霍之下,都化作垂死挣扎或求怜的惨叫声,有时不易分辨,独是牛,只在赴刑场前眼噙泪水——彼得没亲眼看过,他没闯进过屠房,只是他小时候母亲说的,他都信以为真。如果牲畜也有魂灵,它们被困于屠房的牛栏、猪栏内,会否永不超生?随时间堆叠的魂灵,会否把屠房变成一个超级挤迫的动物集中营?动物集中营中汩汩流着的鲜血,日复一日,若把它们盛载起来,会否深广得如一个鲜血海洋,足以酿成另一片红海?不远处有鸡栏,那只鸡被鸡贩或顾客点中,随即被投进沸水炉,再被拔毛生剖。也有人把生鸡买回家中,由自己在厨房执行割断鸡颈的轰烈仪式。鸡头被割下了,断了头颅的鸡仍在地上走动,生命力之顽强,不逊于它后来被用作祭品奉祀的将军的头。彼得从牲畜的生生死死中,也领会人之异于禽兽者希,而相同居多,相同的是在死亡的镰刀之下一样会表现出本能的惊骇与震颤。只是动物如猫狗比人类更懂得尊严,知道自己临死前会躲起来找洞钻不让你看见。

杀气之重,在母亲的口传故事中,又多添几分。"这里附近一带,以前是乱葬岗。"彼得问什么是乱葬岗,母亲说:"日本仔打香港,三年零八个月,被杀的人太多,就随地找个山岗填埋尸体。"怪不得这里的大榕树如此茁壮,长年累月吸取陈死人的枯肉做养料,有几多的阴魂在大榕树荫下游离,避开碰不得的阳光。生者踩在死者的头颅之上,楼宇地基建在未寒的尸骨之上,风吹不倒,异常稳固。熟睡时有鬼魂相伴,男女老幼,没了下巴、面孔或者双腿的,互不侵犯就相安无事,习惯了就形同空气,虽然淘气的鬼魂偶尔也会捏小孩的鼻子。

不远处有一堵树墙,打横长出几棵树来,树根就扎在斜斜的墙身上,顽强如斯的生命,不落地也可生根。树木以外,树墙上有几个洞子,母亲说是防空洞,彼得问什么是防空洞,母亲说:"日本仔打香港,三年零八个月,从高处投下炸弹,人们就躲进山洞、树洞中,躲避空袭。所以小孩子不要乱钻山窿。"曾经被用作避难所的山洞,如今已被堵塞着,要钻也钻不进去。山洞被堵塞犹如嘴巴被封锁,好比被绑架者嘴巴硬生生被塞进毛巾,多少的历史秘密有口难言。彼得从外打量着洞子,想象着里头是别具洞天还是空空如也,但始终不得其门而入,他被隔于洞子和历史之外,一切缺失只能靠想象填充。

二〇〇九年

昔日家庭出行记

假日的皇后像广场如今成了外籍佣工休闲之地,有时经过,思绪不禁拐回昨天,想到小时候,假日里父亲带一家大小出行,从西环坚尼地城乘 5 号蓝色中巴出发,目的地就是皇后像广场。拍拍照片走一会儿,尚有余兴,或走到山上的兵头花园,或溜达到海边的大会堂,也有到卜公码头上盖吹吹海风,印象中这里有一间类似茶水部的平民餐厅。当时很多问题尚未懂得问,譬如卜公码头点解叫卜公,皇后像广场为何无女皇像,昃臣爵士何许人也;不过这样的市区出行,就是一家大小昔日的市区游记,简单而不失欢愉,想这也是几代孩童共有的记忆。

在香港还未全面商场化之前,一家大小专程到商场游逛,也曾是家庭的假日休闲娱乐。中环的置地广场之外,万宜大厦也去,大人告知,这条红皮扶手电梯,是香港第一条扶手电梯呢。如果是对岸,则乘一趟天星小轮到尖沙咀海运大厦,甫落船经过五支旗杆,即见海运大厦门前的梯级和两道扶手电梯,川流不息向游人招引,尚未抵达已经历一回"仪式"。商场的贵价品买不起,但看看大厦内西式而富格调的装潢、摆设、雕塑,感觉也很摩登。事后回想,父母带子女到这些地方,当时也为接触城市新事物吧。海运大厦是全亚洲第一个大型商场兼邮轮码头,无线电视正式启播前在这里试播,贸易发展局最早的总办事处于此设立,商场开幕不久,楚原导演的《我爱紫罗兰》就来到这里取景。这些都在我出生之前发生。物以罕为贵,商场确曾为城市引来新事物,如家人到沙田新城市广场观赏全城第一个音乐喷泉,只是这时候,我已长大成一名少年,有了自己的朋侪天地了。

是的,以上提及的一些地方,曾几何时是殖民重地,皇后像广场在十九世纪末填海后兴建,于维多利亚城中轴线据点上竖立了多座英国皇家人物铜像,广场本身便是一个权力象征。"兵头花园"这名字也有殖民味道,"兵头"即港督的俗称,公园在开埠初期落成,主要给殖民贵族延续他们在英国老家的庭园生活,后来逐渐向市民开放,"兵头花园"之名,更胜其官方名字"香港动植物公园"。香港公园前身为域多利兵营、遮打花园前身为木球会等,这些例子自不用多说。我有印象的卜公码头属第二代(现在移师赤柱的卜公码头,于我又太陌生了),第一代用作接待达官贵人,至后来的皇后码头启用为止。英女皇来港于皇后码头抵岸,但这里也不是不与平民百姓混同的,中学时第一次参加联校活动游船河，大伙儿就是在皇后码头下船的。说到官民混同，现在列入"保育中环"之下的前政府总部，我清楚记得以前曾多次到西座饭堂进餐，地面为公共休憩空间；一九九七后政府合署外却架起大闸围栏，官民分隔，一闸见端倪，如今独剩活泼葵鼠在围栏上自出自入了。

我来自普通家庭，没有三岁到迪士尼、五岁飞东京大阪，小时候只在城中出行，与今天活在荧幕世界的港孩一代，又判若两个世界。除了以上说到的公共地方、商场，我还记得电影院，特别是就近我家的太平戏院、高升戏院等。父母不特别热衷电影，但像《半斤八两》《毛孩》《投奔怒海》《忌廉沟鲜奶》《边缘人》《表错七日情》等电影，却是小时候随父母全家到戏院观赏的；多年之后，戏院早已不在，影像记忆仍有残留。你能想象今天一家大小的出行活动，会是以看一出沉重的《投奔怒海》作消闲吗？唉，流年暗中偷换，今夕是何年。

二〇一二年十一月二十一日

为父母守岁

今天，还有谁晓得苏轼的《守岁》："儿童强不睡，相守夜欢哗？"你与我，也许都曾经是这样的一个孩童。

团年饭吃过了，稍待消化一下，便来个饭后甜品，不消说，汤圆是也。一顿饭就是一场文字谐音游戏——发菜蚝豉，"发财好市"；鱼当然要有，"年年有余"；汤圆，则是团圆。一年就是为了一个心愿，平平安安，一家团圆。

未懂苏轼前，母亲已告诉我们，除夕夜，儿女不睡，灯火长日通明，可为父母添寿。我不知道这说法有多真确，但如果这是一个祝愿，我多么愿意守在灯旁，到天亮时才合上眼睛。小时候父亲管教甚严，晚上十时就赶我们睡觉（其实我常常在床上瞪着眼），独除夕夜，可以名正言顺地玩到通宵达旦，还可一尽孝顺之道。我总是最晚睡的一个，其实，我从小就不容易入睡。

那长夜漫漫，玩什么呢？包利是、贴春联、预备糖果盒、剥瓜子，还有还有，赶在亥时完结之前用柚子叶冲凉，洗去过去一年的颓气。有趣在洗澡却不洗头，除夕夜不好洗头这习俗，是母亲说的，我却从不知道由来。稍大一点就跟兄弟姊姊搓搓新年麻将，小玩而已，通常不过四圈，但在噼啪碰撞之中，也溜走了一点时光。然后就是父母亲派压岁钱，给父母亲说说祝福话。"恭喜发财!""身壮力健!""心想事成!"……

那个年头，很多东西都是亲手做的，我记得小时候油角也是自己包的，我们说"折角仔"，在油角皮上填馅料，然后折合、捏边。下油锅的当然不是我的事宜。这个时候，我一定还是非常年少。因为到后来，一切逐渐从简，亲手做的也转为买现成的。没有再劳师动众为新年添大袄新衣了，慢慢我也不太乐意随父母亲到亲戚家拜年了。岁月悠悠，新年习俗的变化，同时覆叠着时代跟个人的成长。就这样，一年又一年。如今人长大了，体力不济，通宵真成了"强不睡"了。压岁钱接过，添一句"寿比南山"，父母亲都已经是老人家。

二○○九年一月

我一直错过的母亲

关于双亲，波兰导演奇斯洛夫斯基传记说过一段话，我记忆犹深："我们和父母的关系永远都不可能公平。当我们的父母在他们最辉煌的时代、最好、最有精力、最生龙活虎、最充满爱意的时候，我们并不认识他们，因为我们还没出世，否则就是年龄还太小，不懂得欣赏。等到我们慢慢长大，开始了解这些事以后，他们已经老了。他们的精力大不如前，求生意志也不像年轻时那么旺盛。他们遍尝各种希望的幻灭、各种失败的经验，变得满腹苦水。我的父母都很好，真的很好，只是我从来没能及时欣赏他们的好处。"

母亲年少的时候是怎样？二八年华青春少艾的时候是怎样？何时情窦初开？父母亲是如何邂逅的？连忘记都说不上，因为我压根儿错过了，只能凭借一些黑白旧照，做不真实的想象。以及母亲似有还无、断断续续的口述。"你父亲呀……""你爷爷呀……""你婆婆呀……"她一个人，勾连着两个跟我血脉相连的家族,成为我认识家族故事的唯一叙事者(相对来说,父亲少有言及自己)。不太刻意的,话语间或夹着生活牢骚,在做着家头细务时,对着子女又像对着空气诉说。又或者在我还会跟她到菜市场买菜时无意间说出。这已经是泛黄的日子。那时候,我一定非常年少,而母亲,仍是一个年轻母亲吧。可恨我记得的太少,也许当时无心装载,太多话语像细沙漏过指缝间,盛不着,一去不返。

然后是一大片沉默。并非不言不语,只是更多是日常家常话,有时聊聊媒体话题,不切身的。有时是关己的,却是简短得不能再简短的"对答"。"最近很忙吗?""是的。""身体好吗?""还好。"说不出累的是她还是我。有情的是一张圆桌,中国人的亲情都离不开食物,一家人可以共聚,就很好了。但这时候,父母家的饭香已经久违了,子女离巢,久已不再共住,除了过年过节,一般聚餐,就交由酒楼代办了。家人成了非常特殊的"酒肉朋友"。其实我仍很想很想听故事,真正属于双亲的故事,只是那些故事似乎不适合在酒楼说。而我也问不出口,我最亲爱的人,从什么时候开始,我不好意思探问其个人故事,中间仿佛隔着一堵无形的墙——心之墙。

然后母亲头发蔓生出片片白莲。转眼乘公交车已经享有老人优惠。牙齿又掉了一颗(其实已所余无几)。造成骨质疏松的结果,肯定有我的份儿。皱纹爬上了双手、脸颊、颈脖。不用母亲说,身体变异就在说话。骨头在身体内打鼓。颈椎的骨刺又多了一片。腰椎镶了一枚螺丝。胆子早已没了。石头长到肾上去了。血压成了生命的常态高潮。有时我别过面去，不敢直视母亲的脸庞。"妈妈，我不是不想看你的脸，我是不欲看见，生命的残忍。"一个家庭是一列车卡，集体地驶向年华老去的尽头。母亲的年华老去提醒我的青春不再。

由是我想到，生命从一开始，就无可复圜地离开母体。浸泡于羊水中，完完全全血脉相连水乳交融的状态，成了永远不可折返的原初想望。之后我甩掉了母亲的乳房、母亲的背带。因为要自立，我甚至松开了她的手。我错过了母亲许多许多。不仅是我未出生前来不及认识的那个女子，还有是我眼前熟悉不过却又如此陌生的母亲。如果有谁要我像小学作文时写一篇《我的母亲》（奇怪更多是写《我的父亲》），我怕我会交出一篇白卷。每一片母亲的空白，都写着自身的空白（断了脐带，你如何答得出："你从哪里来？"）。

或许，这不仅是我一个人的写照。等到我们开始发觉对双亲的过去所知甚微而引以为憾时，我想，我们离懂事又有一段日子了。有感缺失，也许是爱的另一开始。不要老是重播《爱得太迟》，等到玫瑰花蕾都丢落地上。来吧，母亲，我小时候的说故事者，你还有故事想说，我就有心去听。陪上一千零一夜，足够吗？

二〇〇九年四月

19

病中记父亲

在医院，我第一回这么近距离地听到有人称呼父亲"伯伯"。可能也不是第一回，只是第一回听得这么入心，简直听入心肺。

好像不过一个回头，父亲就突然老了，头发生白，年轻时一头浓密的黑发已生出衰颓的暮意。

六十三岁，原来已被称为"伯伯"。

父亲已经六十三岁了，但我一直不肯承认他已经是一个老伯。记忆中的父亲不是这样的。而拒绝承认父亲之为"伯伯"，又是否跟拒绝承认自己已不再年少有关呢？

我是从什么时候开始与父亲渐行渐远的呢？是从第一次大吵大闹后拂袖而去吗？是从第一次有权选择不随父亲去新年团拜吗？是从我第一次拍拖，将心思都花在女孩子身上吗？是从第一次搬离家自住吗？是从快餐店茶餐厅的味精饭开始取代父亲亲手烹调的住家饭吗？

我已经想不起真正的源头来。

记得一次年三十晚回家吃团年饭,像小时候一样,父亲对我说:"国灵,有鸡肝呀!"我心里感到一种难言的伤心。父母对子女的认识,很多时是停留在小时候的。父亲到今天仍然以为我喜欢吃鸡肝,其实我不吃动物内脏,也有十年了。如果连这一点小习惯我也没有让他知道,那精神上的,我心思所念所动的,就更遑论知晓了。我以往常想,他们怎么老是不了解我,我也曾经埋怨,今天想来,如果这条横亘于我与父母之间的鸿沟真大得已无法拉近的话,这当中,一定少不了我的参与。

一场病,将父与子之间带回一个短暂的接近。我们每天都有一段相聚的短暂时光。父亲每天早上,医生未巡房前,便挽着一壶亲手烹调的燕窝粥或田鸡粥或瘦肉粥来到医院。母亲身体不好也隔天来。我让父亲不用天天来了,他就是不听。

父亲每天带粥带汤。每日半小时的共对,有时闲话家常,有时说说自己的近况,有时说说香港的现状。退了火气的父亲变得更可亲,他的愁眉仍是深锁,我知道这趟是为我病的缘故。他的感情就埋在愁眉之间,冷不防突然又宣之于口,杀你一个措手不及:"唉,你真是令人痛心!""那么年轻就病倒,再叻也没用呀!"

父亲怕闷,周末不爱困在家中,喜欢与母亲四处逛。我一直以为他们两老一起不愁苦闷。但我可能想错了。一次探病的时候,我随便问起父亲的生活点滴,不料他忽发感触地说:"唉,有时

21

两老在家中,你眼望我眼,不知有什么好做,便到处逛喽。唉,也没什么好逛。"

我曾经为一篇"老年期适应障碍"的文章采访过一个专注老年人精神方面研究的精神科医生,他谈到长者中相当普遍的"空巢症候群"(Empty Net Syndrome)——儿女长大自立,搬离家庭,父母留守"空巢"。这篇文章我是为一家长者义工机构而写的。执笔的时候,在芸芸的老人中,我竟然没想到自己的父母,可见观念的认知与实际的关怀,真可以是两码子事。

这十多年来,父亲的火气减退不少。不仅火气,赌性也大为遏抑,虽然也赌赌马仔,但都是小赌怡情了。火气的减退可能是年纪的关系,赌性的遏抑则不知经过了多少惨烈的教训。不过,当火气和赌性都大为遏抑时,我已经飞出了父母的"鸟巢",自筑自己的世界了。

或者最感欣慰的是母亲,起码有一个安宁的晚年。

我不止一次看过,父亲和母亲行路时握着双手,我曾经觉得老来还会紧握双手的公公婆婆真是受上天眷顾的。多年后,一对受眷顾的老人站在眼前,他们就是我的父母。太阳猛烈的时候,父亲还会为母亲撑伞,那个年轻时温文的男子好像又回来了,只是已经皱纹斑斑。夕阳无限好,只是近黄昏。

二○○一年

忆述住家饭

　　我开始理解,父母这一代人可能没听过什么"亲子关系",亦未必太善于沟通,但无可否认,食物其实也是一种沟通,是家的维系、爱意的传递。

　　在我心中,父亲是绝顶的烹调高手,他虽是大男人一名,但绝没有"厨房属于女人"的思想,相反,他年轻时已是厨房主人,我们都说他的厨艺了得,比母亲煮的菜更有火候。退休后,他更完全担起家庭大厨的重责了。

　　自从搬离家后,与父母的见面不多,有时相约也是大伙儿往酒楼吃晚饭,与父母的联系,越来越离不开食了。我一直认为,与父母的关系应该不限于食的,譬如,还可以陪他们看一出大戏,与他们到郊区走走,但这么多年,这些,我一直没有做过。这一定是我做得太少太少。

　　因为已经不共住,父母亲每天煮饭的日子,已经变得很远很远了。有时在学校读书晚了，让父母留饭的日子，亦已一去不复返，虽然每次想起，便好像嗅到久远的饭香，和蒸笼的热气，仿佛有一个小子，踮着脚走进厨房揭起饭煲盖，时间就在这刻定了格。那个时候，我一定是非常年轻，而父母亲还未到称得上老人的年纪。

现在，父亲一年也会下几次厨，都不是往日的家常便饭，而是非常隆重，在一些大日子，为全家人炮制一桌子琳琅满目的丰富晚宴。

我知道，我全家人也知道，父亲为了炮制这大日子的晚饭，有时会张罗好几天。几天前便开始构思、选菜，到大日子当天很早便开始预备，有时大热天，家人在冷气充盈的客厅等吃，父亲待在厨房里好比"焗桑拿"，豆大的汗珠，在父亲半裸的上身爬行。

饭菜一碟一碟地端出来，十几个人十几碟款式，谁都知道，一顿饭就是一个浩大的工程。

一顿饭太过短促，大约吃两小时吧。一场努力不过了两小时的高潮，好比小时候唱歌咏团，苦练多时最终不过站在台上唱它的五分多钟。至于苦练的过程，听众是不看的。一顿饭吃罢，一曲奏罢，心力作结。我已经尽量填饱肚子至不胜负荷，看着一桌子剩菜，觉得父亲有点枉费心力，我心便难免戚戚然。

为什么不可以抽一次机会随他到街市看看他选菜的经过呢？我知道父亲不会同意我这样做，他会觉得这样的工作与我格格不入。但我也的确没有要求过。我只是等吃的一员。这样，我成了安坐台下的人，对献技者练习的背后，毫不知情，即使当下享受，事后往往想不起来。

而最令我心有戚戚，是一个不能宣之于口，偶尔在脑内浮起的不好念头。父亲今年六十四岁，如果每年父亲做三顿"满汉全席"，父亲可以做到多少岁呢？过年过节，一家人的亲情就全系在父亲的厨艺上，这一顿饭将开枝散叶的家庭聚拢一起，成为家庭最强的亲和力，父亲扮演这个强壮的角色还可以多久呢？

如果父亲可以强壮至八十岁，那么还有十六年，那就是四十八顿，父亲的晚饭。四十八顿，每吃一顿，数字减一。数字是一个可怕的东西。每想及此，心头便不由得抽搐一下。

这样，我来到数算自己，和数算父亲年月的日子。我真是遗传了父亲忧郁的性格，在事情未发生前已开始担忧了。或许是庸人自扰，但肯定的是，因为在乎，才会不动声色地，从未来预支伤感。

犹记得病后初愈的年三十晚团年饭，我吃得百感交集。父亲仍然当我小孩一样地说："国灵，有鸡肝呀！"这次，我没有一言不发，我开口说："爸爸，我已戒了吃内脏很多年了！"父亲"呀"了一声，把鸡肝夹进口中，然后浅笑说："都没听你说过。"

吃过晚饭后，我罕有地在父母家留宿一夜。又想起小时候年三十晚守夜的情景。我拿出一沓沓的相簿，在昏黄的灯光下夜读。不错，是"读"相片，是仔细地读，而不是走马看花地"看"。

　　一张张照片，由年代久远的黑白照片一直进入褪色发黄的彩色照，由褪色发黄的彩色照一直进入母亲大寿时弟弟拍的数码照片；由祖母的存在翻到祖母的不在，由父亲的青春翻到父亲的皱纹，由我的不存在翻到我的出现，由我的孩提翻到我的今天。我翻着一个家庭延续的故事，又仿佛翻着一页页年代的历史。

　　我看到父亲年轻时穿着的花哨夏威夷恤衫，我看到父亲年轻时喜欢穿着的猎装，我看到父亲梳了那个年代时髦的"飞机头"，还戴上有型有格的太阳墨镜。

　　我想到，父亲是我的父亲，但也是一个年代之下的父亲。成长于战火岁月，由贫乏年代走过来，经过艰苦日子，胼手胝足，上世纪八十年代末购置了自己的第一层楼，由新市镇搬到杏花邨再搬上罗便臣道，九十年代儿女出生，然后香港九七回归也是六十大寿之年，然后走过千禧，变成一个白发老人。

　　揭到后来的相片，已出现了姊姊的女儿我的外甥女，时代已准备交棒给下一代了。我仿佛看到父亲朦胧的身影，渐行渐远。

二〇〇二年

成长之必然

外甥女八岁那年，一次从她口中冒出这样的一句话："男人怕什么透露年龄呀，女人才怕的嘛。"所有人都觉得平常，唯独我听在一角，因如此平凡的一句话而略感惊讶。惊讶正是因为它的平常，如此一句携载着社会大众价值的话，竟出自一个如此稚嫩的生命之口。我顿觉哑口无言。

小外甥女一定不知道这个飘忽无踪的舅父，其实一直察看着她。看着她时，我又像看着千个孩子的身影。

我又记得她喜欢的公仔。她小时候很特别，喜欢马，马的毛公仔、马的玩具、马的模型，她都喜欢。原因倒简单，她的外婆，我的母亲，是肖马的。有时她玩马公仔时，会以外婆来称呼它们，有时也会对它们糟蹋一轮，搓圆压扁。从这些动作中，我看到一个小孩血液里的爱与恨。

后来一天，我发觉马公仔不翼而飞了。一件一件地消失。取而代之的是凯蒂猫(Hello Kitty)、加菲猫、史努比一类的玩物。我没有问过马公仔怎么会给丢弃了,周围的人也没有问。我只是觉得一点说不出的茫然。

后来一天,她的公仔变成真人,杨千嬅、容祖儿等(最新偶像则是杨丞琳)。然后当她念念有词地唱着杨千嬅的《向左走向右走》时,我方才醒起,原来外甥女已很久没手舞足蹈地唱她的幼儿园儿歌。曾几何时,好像不过不久前(其实已好几年了),我还记得她与她的父亲一起合唱儿歌,现在,却是她独个儿唱起流行歌来。一次她问我懂不懂得唱容祖儿的《骄傲》,我说没听过呀,她的反应是:"啊!《骄傲》你都未听过呀!"

孩童由唱儿歌改为唱流行歌,其实平常不过。只是当一个活生生的人在你眼前上演这些变化时,你还是不能不为这一变化力量感到震撼。我没有问她:"你懂得歌词内容吗?"向左走,向右走,一个人爱上了两个人,不知如何选择,进退失据,缘分擦肩而过……没谈过恋爱的她,真的明白这些吗?不管如何,语音先于意义,钻入她的脑袋,成了下意识朗朗上口的机械式记忆,可不能不令我惊讶于语言的催眠力量。

然后她刚踏入十一岁,她打电话给我,问我有没有一个流行爱情女作家的小说。我猛然惊觉,她一只脚已准备好跨进少女期了。

一切一切都非常平常,平常得有点触目惊心。我惊讶于成长的必然,必然的进程连着必然的社会价值配套,惊讶于价值的社会化是那么不动声息地传播扩散。

现在回想,一切,也许从孩子懂得第一次做"飞吻"的时候便开始了。

"来,囡囡,给××来个飞吻!"(××可以是任何长辈)囡囡最初对这话是没多大反应的,但某一次,当时她只有一两岁,还在牙牙学语的时候吧,她真的把手掌放在嘴巴上,然后"嗫"的一声,把手掌扬开,在旁大人表现得十分雀跃,囡囡自己也兴奋了,发出咯咯笑声。

我当时看在一旁,并没有如其他大人般拍掌鼓舞。我只是见证了一个生命,一个呱呱落地本来白纸一张的生命,在其白纸上,平平白白写上了一个约定俗成的礼仪。

不错,我把"飞吻"看成是一个社会化的礼仪,不同于吸吮母奶与生俱来的本能。"飞吻"是一种规范,世界的共通语言。所有孩子的第一个"飞吻",都是大人教的,也是给大人做的。当所有孩子都以同一个动作,来表达自己的伶俐、对大人的友善,这个简单动作,就有了非比寻常的意涵。

成长之必然,一如我自己也无可避免的曾经如是。

二〇〇七年十二月

校园 少年浪掷时光

原始玩意儿，匮乏的丰盛

继数年前推出"他妈歌池"电子宠物机，日本新近又推出机械宠物狗，一头二十五万日元即约六万港元，在互联网上销售，不消二十分钟首轮三千头机械宠物狗即被抢购一空。这玩具还会在美国等地发售。

他妈歌池，真他妈的。

我得承认，我对这些电子玩物非常冷感，甚或反感。每个人都有自己的情结，我钟情的玩意儿是机械的，或者更贴切地说，很 Primitive，原始玩意儿，由独个儿到一大群，身体是我们最大的免费资源。小时候因为物质条件较匮乏，加上有几个年长兄姊，在童年小学的岁月里，还赶得上原始玩意儿的年代。

无中生有，在有限中创造无限。没有玩具，就在脑中想出玩意儿。不能通山跑，就在家中豆腐方块的空间中寻找玩意儿。譬如，肢体玩意儿——跳鸭仔、软骨功、翻筋斗，可以玩一整个下午而不觉疲累,不像现在跑几条楼梯便气喘吁吁。匮乏不构成障碍,因为大家都懂得发挥想象性替代。没有模型飞机,就用废纸折纸飞机。尖头的、钝头的,那只飞得远,那只抛物线下坠,自己创造,自己实验。不然,又可以自己变成一架飞机——名副其实"就地取材",干脆用家中地板,划定范围,玩跳飞机。到跳飞机都玩够了,就走出门外玩跳楼梯,六七级甚至十级跳,这时真不知"死"字怎么写。贵价玩具摩托车买不起,就在家中骑有轱辘的cushion,或跟妈妈到惠康百佳"推"购物车。就地取材,什么都不放过,包括家中昆虫,诸如蚂蚁、苍蝇、蟑螂,一样可以成为"玩具"——搜捕释放虐待杀戮,手法层出不穷,不经不觉间也参透着生死。一半残忍一半善良,忽然又大发慈心,用鞋盒钻几个透气孔洞,饲养黄毛鸡仔、鸭仔或者受伤的飞蝉,结果当然是,很快都会死掉。

群体玩意儿,不费分文,只需有人参与。猜皇帝、红绿灯、丢手巾、芝麻开门、何济公、捉匿人、捉迷藏、老师问、大风吹……或者,几兄弟姊妹玩"角色扮演"(那时候还未有 Cosplay 这说法吧),你扮商人、他扮老师、我扮医生,互相帮衬,原来也是一出情景剧。群体凑不成时,两个人也可以玩对拍手掌、斗力或者拗手瓜(掰腕子)。我常想,这些玩意儿没有传媒广告大肆宣传,都是一传十,十传百,口讲身教,但同龄朋友个个都会玩,真可谓一种folk culture(民俗文化)。今日,大部分玩具都是大众媒介的消费品,消费主义盖过民间文化。现在的孩子亦没有这么多兄弟姊妹可以几只"甩绳马骝"、"齐天大圣"大闹天宫;玩红绿灯玩不成,因为"马路"冇人过(如果你玩过,你知道我说什么);玩猜皇帝玩不成,因为没有"左右手"(如果你玩过,你知道我说什么);玩兵捉贼或者勉强还可以,如果拉埋家中菲佣扮"贼"的话(纯粹角色,绝无贬义)。

一张纸、一支笔、一枚硬币、一团肥皂泡,都可以成为玩具物料。拾起张纸折只纸船,其他诸如"东南西北"、凳仔、波仔、帽仔、鹤仔,随想随折。又或者放一枚硬币在一张白纸上,用铅笔在纸上刮出"公"或"字"的印痕(不是洋紫荆花)。画公仔,有本事由白纸画到墙壁再画到天花板。盛载电器的发泡胶、包扎瓷器玻璃的透明气孔纸(最爱把它扭作一团听它发出的噼啪声),一样可以从中获取玩意儿,"循环再用"。试过包起一卷厕纸湿水搓成一个圆球,当成是水晶球,大玩"占卜术"。"占卜"结果是被阿妈闹一餐,因为原来厕纸都很贵。

说到"循环再用",早一代原来是先锋。譬如,用雪条棍砌东西;雪山雪条后来出了一种棒状通窿塑胶雪条棒,更是小孩恩物,可以当 Lego(乐高)来砌。包裹香口胶那张银色纸,不要扔掉,可以将它磨得光光滑滑、闪闪生光,轻软而发出沙沙响声。又或者用厕纸筒串起一条线做对讲机,实在胜过 MSN 讲话。女孩子喜欢跳橡筋绳和抛豆袋,做母亲的会用一些旧布,里头放少许米,缝纫成豆袋。

要钱买的玩具，也是廉价物。小学时有一种玩具，叫剑仔，塑胶做的，几元一包，一包几十把，有不同颜色款式，像斧头、弯刀、白骨剑、离别钩等。每人出一把，轮流推一下，那把剑叠在对方剑身之上便取胜，可以赢得宝剑归。全盛时期，我有二百多把剑仔，后来全数送给了表妹，后来她又送给了朋友，如果早知她不珍惜，我一定把它们保存下来，不用多年后在湾仔太原街花十多倍价钱才买回一包。除剑仔外，还有拍贴纸、弹波子、挑竹签、玩夜明珠、荷兰水盖等，都是当年的时兴玩意儿。

玩具没钱买，也有免费获取的方法，就是到人家后楼梯和垃圾池找玩具。一次，还找到了一个有几尺高的蒙超人，满怀高兴地"抬"回家，却被母亲痛骂一顿，还扯到了"尊严"二字，最后被追"抬"回原处。但其实，我想，人弃我取，而且到垃圾池"搜刮"玩具也要付出劳力的。现在的孩子，可能跟妈咪逛一趟玩具反斗城，不流一滴汗，就可享有全新而且数量几倍的玩具了。但不知哪样更金贵丰富。

也有学以致用的，如用柠檬汁在纸上写字然后用火烧出字痕、用放大镜聚焦阳光来生火，都是甚具启发性的科学玩意儿。到什么都玩闷了，就玩讲大话、玩冥想、发白日梦。全无玩伴时，就左手跟右手玩橡筋圈（有没有玩过一种叫"斩柴"？），或在墙上做手影。原来我们曾经都是周伯通。

这些原始玩意儿层出不穷，讲求 improvisation（即兴创作），数之不尽。譬如，自创"耶稣白榄歌"，一些现在仍滚瓜烂熟，"耶稣三十岁，自愿参加游击队，为国牺牲炸地雷，炸到屎忽卜卜脆"，"耶稣基督，屙屎大笃，吓到耶稣眼碌碌"（愿主宽恕）。其实都不是真正反基督，不过是小孩子的一点反叛，由于就读天主教小学，就作这些"玩基督"打油歌。不过，说起来，小孩子都仿佛特别喜欢屎屎尿尿，一说起屎尿故事就笑个不停，说来又是另一种的原始主义（primitivism）了。

不只玩意儿，城市中很多原始东西其实也不断褪色消失，如磨利刀、叫卖衣裳竹的声音等。很多小眉小眼的东西在无声无色中隐去，消失了也不易察觉；而连带这些原始玩意儿消失的，是否还有更深更真的一点什么呢？当城市越来越电子化、虚拟化、环球化，当你问九十年代儿童狗仔、老鼠、狮子和大象在哪里时，他们的答案可能是——狗仔在 NDS（电玩）里、老鼠在迪士尼、狮子和大象在莫斯科马戏团……

一九九九年

37

八十年代,我的形塑时期

过了若干年月,每人回溯自身故事时,都会有一个年代的归属,尽管你当时也许是与年代若即若离的(超前、滞后、疏离)。成长阶段的"形塑时期"(Formative Period)总是深深烙印的,尤其是儿童至青少年之间的前成年阶段——已经不是白纸一张,但又有足够的清纯、好奇、开放度把周遭事物吸进生命的底层,创造或被创造。

上世纪八十年代是令人怀念的,这应该不纯是我主观添加的回忆薄荷味。流行文化的生命力异常旺盛,乐坛进入了偶像歌手、MTV纪元,谭咏麟、张国荣、梅艳芳撑起了乐坛半边天之外,独立乐队也蔚然成风,达明一派、Beyond、Raidas、小岛、太极等,都应写入香港八十年代的关键词。电视剧早一点已发展,七十年代末长篇剧集深入人心,踏入八十年代仍如日方中,不说别的,无线电视这时孕育的"五虎将",后来就成了影视、歌坛的中流砥柱。留下来的以意志抗衡岁月，香销玉殒的却成了真正的"Forever Young"——我说的是翁美玲。金庸小说拍了又拍，不同年代有不同年代的人物化身，如果你跟我属于同代人，想必也停驻在翁美玲聪明伶俐的"黄蓉"上吧。电视也为电影业注入新血，一众由电视台出身的年轻导演，投身电影汇成一股"新浪潮"力量——徐克、许鞍华、谭家明、方育平、章国明等，如果说流行乐坛受日本及英美风影响甚深，这批很多在外国修读电影的年轻猛将，则更受欧西文化熏陶，特别是法国新浪潮，如高达、杜鲁福、阿伦雷奈等诸位作者、导演的影响。我多年后回想起来，仍依稀记得《忌廉沟鲜奶》《投奔怒海》《边缘人》等电影，是爸爸带着我们一家一起入戏院观看的，要说的是爸爸并不是特别热衷电影的人，足证今天看来"艺术"得可以的电影，当年却是日常生活的部分。新浪潮寿命不长，八十年代中后期的《英雄本色》《精装追女仔》《赌圣》等，开了香港电影类型化、商业化的另一页，如今都成了一个年代的集体回忆。大陆第六代导演贾樟柯在作品中不时加入香港流行曲和港产片片段（如《三峡好人》中加入《英雄本色》Mark 哥点烟烧银纸的经典场面），也不失为致敬吧。

　　流行文化繁花盛放，政治上我们却进入了漫长的过渡期。中英联合声明正式启动了九七倒数的时钟。小说家西西在二十世纪七十年代写了喊出"有城籍没有国籍"的长篇小说《我城》，八十年代反映世情的有她的《浮城志异》，浮城悬在半空不上不下，小说有这一问:"浮城也是一则'灰姑娘'的童话吗?"大概在这时候,一切东西都如凤梨罐头般戳上了限期。青少年对流行文化的敏感度总是高于政治,但不经不觉,"过渡期"成了我成长岁月一个经常出现的词汇,生命自此萌生不一样的时间意识——"借来的空间,借来的时间",当时还没正式深究,但中学尾段隔不久便到启德机场送别亲戚同学,却成了活生生的经验;少年不知离愁,但达明一派的《今天应该很高兴》,我是懂得听上心头了。文化上的缤纷交叠着政治上的阴霾,创意活力与忧患意识共存,自我身份一边被巩固一边被拆落;殖民之身的香港,于八十年代以文化殖民了不少东南亚地区以致反攻东瀛;政治命途上我城却被交上被摒诸门外的谈判桌上,由始至终不成一个大人。而到了八十年代末,曾经点燃的理想主义灰烬,也许注定滑入以玩笑对抗虚无、以金钱化解无力的"无厘头"、股票地产、消费主义种种旋涡之中。

所以说到底哪有真正的 Come-back(回来)。不错,唱碟可以复刻,八十年代衣装如大眼镜、花拉头、垫膊可以再热,IQ 博士可以再看,Moonwalk(月球漫步)可以再跳;但 MJ(迈克尔·杰克逊)是切切实实画上句号而 Madonna(麦当娜)也年过半百。所有八十年代的回潮必然是选择性的,恰如所有记忆必然是与遗忘共存、与虚构共生,只是偶尔我也禁不住,唱唱已故黄霑所写的《轮流转》:"当一切循环,当一切轮流,此中有没有改变?"

二〇〇九年八月十日

跌了一地的，中学回忆碎片

母校呼召，我回来了。隔了二十多年，或可兑换成一道光年。近乡情怯，树犹在，我犹在，老师不见了。坐在小时候我们称的 Upper Playground（游乐场，间有高年级女生打排球），如今放了一张张木桌椅，面前多了一栋灰白高楼，遮挡了视线也过滤了太阳，阳光的确是没以前那么猛烈了。我转脸打量着五层高的班级课室，更上层楼，更上层楼，我可是用了五年才攀爬上了，再转至另一幢专给高考生的，边读《天路历程》边看存在主义，在不应该跌倒的时候跌倒了。一楼走廊上有一面铁丝网，多少次我的小手曾抓在其上，观看着大汗淋漓踢着西瓜波的波牛同学，偶尔也有人玩手球。谁是旁观者谁是落场人，有时并不由自己控制。

或者曾经选择的是音乐。童声合唱团、口琴队、歌咏团、代表学校参加音乐事务统筹处唱八声部合唱团，一一都玩过了；午饭时间放十二时二十分，十二时四十五分前一定要回到音乐室，符润光老师可是严格的（"台上五分钟，台下一年功"，大抵是从这时领略的）。也有出乎意料的时候，中一报学的是吉他，以为"有型"，Y. Y. Chan 说人数太多有几个要转去小提琴班，笔头一点，点中了我的名字。小提琴学得奇差，可那早已全然不合身的 3/4 小提琴一直留到现在，三十年了。只为记母亲死悭死抵跟我跑了几家音乐店找到一个便宜的。恐怕一天它也遭木虱蚀蛀，在睡梦中我见过。

初中时候一定写过类似这样的作文：我的志愿。当时填什么当不得真，日后多数不会成事的。后来有没有想过长大了要当一名作家呢？或者没那么明晰，但模糊念头，想是有过的。与文字结缘颇早，喜欢看书，中四当上风纪的同学，多数巡逻去了，我庆幸自己当上图书馆 Helper（助手），把图书放上架或在借书卡上盖上印章，书香扑鼻。升上中六，还替学生会、替校内办书展，撰写计划书向图书馆递交（这计划书我仍保留着），更亲自到不同书店选书（柏杨的《丑陋的中国人》、戴厚英的《人啊，人！》等是这时读到的）；这成了我日后较可引以为傲的中学经验。写作方面，参加校内征文比赛（侥幸得了冠军）、交笔友、写了累累堪可成册的书信（拿出来一定会叫自己面红的），即使是写周记也越写越用心，有一次在周记中写了一篇"忏悔录"，向老师忏悔自己在小店中偷了东西，不知道那时候我的中文老师兼班主任马宁芳老师看了心里作何想，可她始终待我以温婉。那时候喜欢数学课，也特爱作文课,并不以作文为苦差,相反,遇着自由题可自行发挥就高兴了,我生命中第一篇"小说",三千字虚构一个顽劣学生与一个绝症社工的故事,就是这样在中四时写出来的,现在还保存着,可是见不得人,陈启雄老师没特别欣赏是合该的。事实是我一度也受学校以至于整个社会"重英轻中"的文化影响,厚此薄彼埋头学好英文,英文作文特别花心思,记得中六时看罢电影《战火浮生》(*The Mission*),拿起笔虚构了 Mendoza 与 Gabriel 神父死后在天堂审判室等候时的对话剧场,在两年前香港公共图书馆办的"文学游子潘国灵"小展中,我厚颜地拿此作手稿展品之一——只为记曾几何时的稚嫩,回不去的。

短短一文要勾勒中学七年日子,实在也只能将流水账熬成一碗过浓的汤(因为有了年纪,也堪称"老火汤")。如果容许我快速搜画,我还会加上这些于我有特别印象的关键词:Christmas Ball(圣诞舞会)、Joint School Function(联校活动)、Interact Club(扶轮少年服务团)、Debating Team(辩论队)。(我玩的是英辩队;近日跟一个同窗说起往事,方知当年带中辩队的是何福仁老师,我错过了,大家都说毕业后方知他是高人,真低调。)以及一些在此无法——记述的名字(乒乓球好手"何佬"退休了。陈浩明老师仙游了,他是令人怀念的好老师)。

种子撒下当儿,当事人未必知晓。写作如果有源头可溯,那应该是在开笔之前。一些故事容易前后对应,如爱看书、喜欢文字以至于日后走上了写作之路，但实情是，任何的路总是有着太多自知或不自知的偶然与必然。所有记述都难免有点重构的成分。从蠢蠢欲动到"非如此不可"（It must be），写作从朦胧意识、兴趣变成意志、欲望以至于生命的唯一可能，路是弯曲而又隐晦的，如果真有决定性起点，有时我怀疑是在早晨等早会时同学喧闹戏耍，有一个小子却独个儿出神沉思的时刻。又或者，如果当下一个转念他加入了同学的集体阵营，这小子就会成了不一样的人。这还未定形但又有所属性，不确定性与可能性互相交锋的人生阶段，我们且称它作原初，其中一角，在校园。

后记：创校于一八五一年的圣保罗书院，为在港创立而营办时间最长的学校，二〇一一年是其一百六十周年纪念。由英国圣公会牧师创立，由早年训练华人传教士至全民教育再至九七后改为直资中学，走过历史长河，堪记的故事许多。旧校中文科为志一百六十周年校庆，计划出一本书，邀我这沧海一粟旧生撰写"中学印象"。旧地重访，隔着二十多年的距离，既近且远，我提笔写了一篇。感谢邀文的何福仁老师。

二〇一一年八月三十一日

那些听歌领悟诗词的日子

没料到看阳刚味十足的《激战》竟无由地激起了一点柔情。说的是电影中的配乐，格斗画面配上 *The Sound of Silence*（《寂静之声》）做配乐，重新由波兰女歌者 Ania Dabrowska 演绎（我第一次听这版本），歌曲放缓，多了点抒情、幽幽的味道，歌者把"Silence"这词的"e"音发得很重，带点妩媚，又不失为学习英文发音的好教材。这勾起我遥远中学日子的一点回忆，在脑内翻卷。

好像有个电视还是电台节目叫《听歌学英文》？我一次也没看过，小时候家长当然也买不起几万元一套的迪士尼英文教材。但我记得英文如何以歌曲溜进课堂课余的点滴——在学习还不完全像老鼠追赶老鼠滑轮、学生亦乐于（甚至以此自豪）学习"Out of Syllabus"（课程以外）东西的遥远岁月，也许是我亦有了年纪，开始怀旧起来。

至今我仍然记得中二时一个外籍英文老师教授英语会话班，

课本用的一本书好像叫 *Easily Said*，但他上课有时会带着一个卡式录音机来到课室，播一些英文歌给学生听，我第一次听披头士的歌，想来就是他在课堂上播 *Yesterday*。那么小的年纪，当年其实怎会懂得歌词说的"昨日"，但听着念着，好像也意会了点什么。

Simon & Garfunkel 这二人民歌摇滚组合，第一次学唱其歌亦是初中日子，印象中是在音乐课上唱 *Scarborough Fair*，好像跟几个同学夹唱，只觉曲词优美得不得了，一些字词也深，尤其是歌词中一些香草名字，便翻起字典来查。其实，字典查得了字词意思，又怎查得了歌词深意。多年后才明白，此歌源自英国约克郡，有悠长历史，上世纪六十年代 Simon & Garfunkel 改编翻唱，表面的情歌背后，有着反战寓意。有教育者说唐诗宋词小时候怎也要背诵一些，当时不明白不要紧，先记入脑，日后机遇所至，自会恍然领悟。其实，很多好的歌词亦如是，都是要经历时间回头细辨才能体会，不是讲求实时评估实利回报的教育制度所能明白。

"听歌学英文"，其实哪有这么功利和实际，也不仅止于学语文，西方民歌、摇滚乐，富诗意哲理的歌词多的是，从小感受一点，无目的性的，其实也是一种诗学熏陶。至今犹记得，中学时读到如 *Nowhere Man*、*I'm a Rock* 等完全有别于广东流行曲世界的那种启发（是的，不少歌最初是先在书本中"读"到的）。这些歌其实比我成长的八十年代要早，但理想的文化接收，又岂能只局限于自己的"同代"视野？所有艺术爱好者，其实都是时空的穿行者。

　　至于 *The Sound of Silence* 一曲，犹记得高中时英文科老师在课堂上派发歌词，一人一张，当诗文赏析，对我有莫大冲击。"When my eyes were stabbed by the flash of a neon light / That split the night / And touched the sound of silence⋯"（霓虹灯的闪光刺入了我的眼睛／划破夜空／触动了寂静之声⋯⋯）城市的疏离浸染于都市的欲望景观之中，作曲、填词的 Paul Simon，根本就是一个哲者、诗人。怎想到这么多年后，这"寂静之声"借光影回魂，投射于澳门这个欲望之都中，于格斗这个充满动作也暂时消除了语言的肢体世界里，成了《激战》的电影主题曲。明明影画与音乐是不同质感的，交叠起来却产生化学效应，要多谢为电影配乐的黎允文。我身边的年轻观众并不知此曲的原唱者，是一队叫 Simon & Garfunkel 的组合，如果这部电影能把后来者拐回到那有了岁月痕迹，却超越时间的诗歌音乐世界中，即使是短暂的，也算是它的意外贡献。而我自己先自行折返了一趟。

二○一三年八月二十二日

联校活动，纯情的一页

在香港读书，有两类中学，分别被称作"和尚寺"和"师姑庵"，意思不用多说了。我就读的是位处般含道一间和尚寺教会男校，那是上世纪八十年代的老好日子。时至今日，混杂成主流，但清一色的"和尚寺""师姑庵"仍为数不少，性别因素造就了独特的校园文化，也缔造了不一样的爱情篇章。

初中时四十个男生困在一个教室，性的意识或已萌生，结识异性的心却只是一颗幼芽。一班男生困在教室这个大澡堂内，偶尔玩玩"阉人"的性游戏（比现今大学生的 Happy Corner 还要 Mild）。回想起来，这种"阉人游戏"，除了包含男孩之间的权力关系外，也包含男孩子对身体、性征、性爱好奇的转移，只是在"她者"（对异性恋者来说）的缺席下，将情色想象投射于同性的身体之上。

如果初中还按捺得住的话，踏入高中，体内的荷尔蒙越发旺盛,便难再独守"澡堂"。心猿意马者,其中一个向外伸展的合情合理途径,便是参与 Joint School Function,另一选择是越级挑战,结识预科班才接收的女生,不过僧多粥少,有此胆色和条件者也只属少数。

联校活动,是我们这些"清一色"学校悠久的传统,不同的学会,自然扮演将这传统延续下去的角色。发展关系的版图,从班与班、级与级之外,跨越至校与校之间,世界突然如哥伦布发现新大陆般变得宽阔起来。慈善活动(如当义工、探访老人院)、校园舞会、联谊活动(如游船河)、宿营(如观星营)等,提供了我们平日少有的接触异性机会。不知多少同学是"醉翁之意不在酒",但事后回看,当初稍稍"不纯正"的目的(不是所有人如是),往往却开出成长的果实;在处理人际关系、组织活动中,我们上了人生宝贵的课,这才真是意外收获,能够开出友谊甚至情缘之花,毕竟是少数(我有幸是其一)。

男校配女校,也讲求门当户对,我校与玛利曼、玛利诺书院特别有姻亲关系;在我当上扶轮少年团主席的任内,这姻亲关系如果不算有突破,也肯定可以说发展良好。经过这么多年后,这传统是否还延续下去,我老早已不知道了。当上大型学会主席自然风头较盛,不过,这可不太容易,要从中四、中五开始积极参与,博得师兄的另眼相看,才有机会成功接棒。升上预科,的确曾出现一番"你争我夺"的战况,回想起来,这已经从翼动之心,变成一个成年人争夺权力的模拟游戏了。

　　但于今天来说，这仍然是非常"纯情"吧。年轻女子好奇地问，那年代搞校园舞会有没有为了赚钱？我听了这一问，颇感讶异；原来据她说这于今天并非不寻常事。她又说，现在上网即可结识异性了，犯不着守望一年一度的圣诞舞会。嗯，时代不同了，因此更加觉得，这纯情一页，值得写进校园的次文化历史。请你别嫌我将这纯情奉献给你。

二〇〇五年十月

人生溜冰场

从小，对速度有一种迷恋。不是日常生活中追赶跑跳蹦的心理速度，而是脑部让路予身体进入忘我境界的物理速度。只是，在香港，前者普遍，后者难求。

我当然不是在街边玩滑板玩到被导演看中的李灿森一族。小时候玩滑板，不过是我偶尔脱离父母"魔掌"和城市束缚的玩意儿。城市空间挤迫，要像电影《回到未来》里 Michael J. Fox 踩着滑板随处驰骋，在香港是不可能的。我家本来是长洲人，父母搬来市区住；但大伯一家仍留在长洲，家外有一大片于城市小孩来说不可思议的石地，滑板是堂兄弟的，每次探望伯父祖母时就借他们的来玩。

一直觉得这"借来的自由"是很不畅快的。人大了，方才听说原来香港什么都是借来的——"借来的空间""借来的时间"。一直到近二十岁靠补习之类赚得自己的一点金钱，就开始用钱来买

"自由"。我正式报了溜冰班,是 ISIA 国际认可的那套训练,每星期都至少去溜冰场一次,当然,是瞒着父母的。当时,还选了最新落成位于黄埔商场的溜冰场。不跌不长大,跌在冰上有时也灼痛难当。不过,跌跌多了,就开始懂得向前滑行、前后画葫芦、T 字形八字形二字形扭腰急停、绕圈画曲线、交叉腿后溜等不同招式,逐一击破,慢慢得心应手,是人溜冰不是冰"留难人"了。

　　香港溜冰场全都坐落于大型商场,先后有四个,太古城、黄埔花园(关闭了)、西九龙中心,及最新最大的又一城,溜冰场成了一个舞台,任商场人流随意凭高观望。有人步履蹒跚捉着栏杆,战战兢兢;有人一仆一碌,大出洋相;有人好像陀螺一样打圈,挥洒自如;任何一个人生舞台,都有高手低手。夹着 DJ 的打歌,皑皑的白雪,一股不羁任性的青春气流,在溜冰场内随冷气穿梭回旋。达明一派、由陈少琪填词的《溜冰滚族》叫人难忘——"随幻觉随动作,随着急速音乐,在盘旋每个角落,流着少年脉搏,随着一杯可乐,尽忘怀一切失落……"而歌词中那句"自信摇着快速的一双腿,为了找美丽新伴侣",又点出了溜冰场内的一点醉翁之意不在酒。约一个心仪女子溜冰,她踏在冰上方知如履薄冰,你不经意地在她身边划一个惊险弧度的急弯刹掣,顺势捉着她的手教她平行,在冰场里,手心也会冒出汗来。这个经验,过来人自然心知。当然,如果落到冰场方知你心仪的女子是另一个柏安妮,那故事就不知怎样发展了。

52

停止去溜冰场,是发现溜冰越来越没有想象中的畅快。在香港这弹丸之地,要拥有空间上的畅快感,并不容易。溜冰场经常挤满了人,如在困兽斗中左闪右避,窒息感多于畅快感。最要命的是一次在太古城溜冰场内被一个工作人员截住:"这里不准后溜!"噢,从小老师不是叫学生学以致用吗?不准后溜,如何表演自己的与众不同(虽然我还未到花式溜冰这个级数)?以为香港这个社会惯于瞻前不顾后,溜冰场竟然也来这一套——不准逆流倒行,要随着大队走,向前滑!于是,溜冰的次数越来越少,溜冰的时间越来越夜,因为越接近关门时间,溜冰的人越少,规则也越宽松。愈夜愈美丽,在缝隙中偷取空间。只是到人大了再不需要瞒着父母的时候,玩伴也越来越少,打圈圈变得在工作中远多于在溜冰场内了。

　　四年前,我买了一双黑色 Roces Roadskate(溜冰鞋),一心摆脱溜冰场的束缚。四年来搬了四次家,它也跟我搬了四次家,却始终封在盒子里,不曾带它到维园场内走过一圈。只知时间过得飞快,身边事情总是排山倒海而来。最近一次,在尖东海傍看到一群少年玩 Roadskate,他们玩起来可像在玩命,在文化中心一条楼梯高速倒后而下,反反复复数十次。看着他们的"亡命表演",这刻忽然觉得,阻碍自己的,再不是父母巨型的手掌,不是城市挤迫的空间,也不是溜冰场内的规则,而是,不经不觉间有了一点年纪的负荷了。

一九九九年

MU 的夹 Band 岁月

Music Union，音乐联盟。全香港只此一家。

不过，已经关门了。

一九九二年开张，大约一九九六年十月关门，支撑了四年半。

不过结业了是结业了，不少音乐友仍然怀念这个名字。我有幸在 MU 有生之年夹 Band 表演过一次，成了日后美好的回忆。清清楚楚记得，当日是一九九五年十二月九日。

说起来，这个位于尖沙咀弥敦道一幢旧楼的一千尺角落，曾经滋养过不少音乐爱好者。基本上，MU 有几个功能，它是一个音乐联盟会，希望联结一些音乐爱好者，主办者最初希望可招揽几千名会员，但至关闭前会员人数八百多。最初认识 MU 时还在读大学，印象中千元年费对我来说实在太昂贵。它也是一个小型音乐图书馆，储存了约一万只 CD，可租可买，又有不少音乐杂志及音乐参考书籍供阅读。它也是一间小型音乐商店，除 CD 外，还售卖一些很 IN 的音乐 Tee 和精品。但对我来说,这里最有意思的就是它作为一处大同音乐世界的表演场地,曾经在 MU 表演过的乐队和音乐人不计其数。不管你技艺超群还是学艺未精,声名鹊起还是籍籍无名,只要有心玩音乐(当然要付场租),都可以踏上台板。业余 Indie Band 要成熟,必须累积现场表演经验,MU 成了 Band 友的音乐摇篮。

此所以技术生疏如我者,都有机会夹 Band 表演,还记得当时五人组合,表演的歌有 Beyond 的《无尽空虚》《冲开一切》《永远等待》、Eagles 的 *Love Will Keep Us Alive*。非常难忘的经验。记得弹 *Love Will Keep Us Alive* 到最后时因为有些紧张弹错了几个 Chord,但冇人柴台(喝倒彩);地方不大,百多个观众都是坐在地上,灯光加上节拍,人与音乐融为一体,气氛极好。说起来,当时的 Band 友都受 Beyond 影响很大,初组 Band 未有自己创作,Band 谱也不容易买到,执 Beyond 歌几乎成了很多 Band 的例牌功课。教夹 Band 的老师一边踩 Beyond 技术一边教我们执歌(就是听着乐曲,逐点把有关乐谱写出来)。这一切,现在对我来说都只是记忆。随着 MU 的消失,相信再难有一个这样的音乐实验场所。记得当年除 MU 外,Tom Lee 也隔周在九龙公园安排乐队表演,概念有点像日本原宿街头。香港没有原宿,不过文化中心海滨广场、赤柱大街都曾经是乐队表演的街头舞台。后来都不见了。

四年半的日子,MU 也有风光的时候。最热闹的日子,要数商业电台与 MU 在一九九四年合办现场转播节目,每星期有流行歌手与独立乐队同台演出,整整办了一年。这个尝试,引发了一九九五年商台在红磡体育馆举办的"乐势力大检阅"之"河水犯井水",试图打破独立乐队和流行歌手的围墙。说起来,一九九四年、一九九五年的乐坛也曾努力打开一片豁达音乐天空,原创声不绝,乐势力高涨,大唱片公司不少成立另类 Label。当时,商业电台还出版了一本叫 *Quotables*(《豁达音乐志向》)的音乐双周杂志(冯礼慈主编)。不过,另类音乐杂志在香港从来都难脱早夭的厄运(袁智聪的《音乐殖民地》可算是异数了),短短几年光景,*Quotables*"折"了,MU 关门大吉,乐坛也沉寂多了。*Quotables* 由创刊号至最后一期共二十五期,我都储在家中不舍得扔掉,或者偶尔翻翻这一页记忆也是好的。

　　MU 也不是无声无色消失。结束之前 MU 搞了一个马拉松派对,前来演出者有 Huh!、黑鸟、民艺复兴、刘以达官立小学、陈辉虹、关淑怡等,合共三十三队组合来一个 Salute,认真俾面(给面子)。不过 Salute 也掩不住隐隐的悲情。还记得创办人 Ronny Lau 跟我说的一番话:"在香港卖音乐生活态度是不行的。香港人不懂得将音乐当成享受生活的一种方式,音乐只是次要的消闲品。在外国或即使一些东南亚国家,音乐是人每天生活的一部分。"在讲求明买明卖的香港,音乐生活态度也许太过无形了。千多元年费去健身中心只减去两斤肉隔着玻璃对着天桥表演的大有人在;香港六百多万人容得下很多健身中心,但未必容得下一处讲求音乐生活态度的地方。

　　　　　　　　　　　　　　一九九九年

人物　生命的相遇与交错

刘以鬯与我,半杯咖啡时光

　　故事要由一个没闪的镁光灯说起。时维一九九六年,我出来做事两年,算是迎上《明报》副刊当时"小阳春"的日子,副刊人强马壮各有所长,通常一人同兼多个版面,而我其中主力的有新辟的《文化版》和《读书版》。跑文化版一趟跟进香港电台主办的"开卷乐——暑期阅读计划"酒会,众嘉宾一字排开任"对岸"的采访记者拍照,一轮咔嚓,独银灰头发戴粗框眼镜的刘以鬯先生步来,轻声跟我说:"你的镁光灯刚才没有闪呀!"以为闪亮的才夺目,原来没闪的,在敏感人的眼中也会被察觉。因此,第一次亲身接触,刘以鬯留给我的第一印象,除了这句话,就是那目光炯炯的眼神,闪着童稚的好奇,在一张祥和的长者脸上。同席我如小读者般告诉他不久前看过他的《酒徒》,好像是当下邀约他,希望找天可另作专访。未几便第一次踏足他那时在湾仔摩理臣山道的《香港文学》杂志社,事后在《读书版》写了一篇半是评述半是专访的文章。

也大约在这时候,在报馆工作、业余玩玩音乐创作之余,许与一九九七前夕有关,我也执笔写起小说来。当时文学杂志没现在那么多,很自然的便投给了《香港文学》,这篇小说叫《我到底失去了什么?》,小说写一只"黄蝶"标本在男主角家中一夜不翼而飞,由此勾连现在与过去,带点灵异色彩。刘以鬯看了小说,依稀记得他回复说:第一篇来说,也写得不错了。这成了我第一篇发表的小说。往后续有短篇新作多投给《香港文学》,刘以鬯也不多话,非常利落即时批阅,如在眼前读罢会展现一个笑容,说一两句话,如记得他看罢《莫明其妙的失明故事》一篇后,问了一句:"小说中那本书是虚构的吗?"(小说通篇写到一本叫《社会学视角》的书)我答:"是的,杜撰出来的。"他微笑答曰:"那更好了。"只有一趟,《当石头遇上头发》一篇较多触及政治,他说要稍落"剪刀",但如常采纳。刘以鬯编副刊"挤的哲学"(在商业版面中尽量"挤"进"严肃"作品)、不分门户扶掖后进早为人所知,余生也晚,错过了他"副刊编辑的白日梦"日子,但受惠他开辟耕耘的《香港文学》园地,让我早年创作投稿不至像投篮,文学路难,但总算迈开脚步。"知遇之恩"一直惦记。

逐渐也成"忘年之交"。一段日子,那时我还住在大埔,隔一段时间,会相约刘以鬯在他居住的太古城喝咖啡,通常他喜欢定在下午三时。他说话声调不高,咖啡每多只呷半杯,走时剩下半杯。在半杯咖啡的时光中，他不时会说起往事，如上海沦陷后只身前往重庆、抗战时替《扫荡报》听广播以为自己犯下大错却做了独家的"风波"；战后回到上海办怀正出版社，以家传两幢花园洋房做办公室，作家徐讦、姚雪垠等都曾住进其中。上海、重庆，三十岁前的人生，这些往事，我想他也说过多遍，但不同于《对倒》里淳于白的自我缅怀，他娓娓道来满有分享之心。我细细听着，有时说到一些名字我怕遗忘，会请他在我随身找到的纸上写下来，可遗忘的亦有不少。有些故事已成作家传记及文学史料，有些轶事细微却另有所知，如记得他说到父亲任国民党英文秘书（我心中自是想到，如果一九四八年他没来香港，情况自是堪虞）；他体魄一向不错，读书时打学校篮球校队；在上海圣约翰大学他念的本科是政治，但他不爱政治，只喜欢文学；等等。又记得他一次说到《香港文学》的刊名题字，他最初找的原来是钱锺书先生，但后来成其事的是台静农先生，杂志一直沿用但隐其名，到陶然先生接任总编辑后，才明确列出题字者的名字。内里仍有我不解的，后来读到《他的梦和他的梦》一文又知悉更详。

除个人生平故事外，文学的一些看法自然也说过不少。刘以鬯写小说，一类"娱乐他人"，一类"娱乐自己"，这自况已广为人知。"娱乐他人"，为谋稻粱；"娱乐自己"，他重视的是"求新求异"，与西方"现代主义"的精神相契合，衔接现实的处境和问题之中。实验精神实践起来，他爱以科学实验打比喻，每每反复尝

63

试才有一次"成功"，但非如此的话，独创性便不可能。说到这方面的作品，长篇小说《酒徒》《对倒》，诗体小说兼故事新编《寺内》，短篇小说《动乱》《吵架》，以至于小小说《打错了》等，已多人谈及，我记起的却是《黑色里的白色　白色里的黑色》。也是在一次交谈中，他略带不平提到这本集子，他认为这书有它的独创性，但谈论的人很少，以至于遭受忽略。这番话在获益出版社的自序中没有提及，倒是后来在二〇〇一年内地百花文艺出版社出版的《刘以鬯小说自选集》自序中他写下了："我尝试用黑白相间的形式写《黑色里的白色　白色里的黑色》……《黑色里的白色　白色里的黑色》发表后，曾被人讥笑为'标新立异'。其实，'新'与'异'正是我想达到的目的。如果我采用的表现方法确实没有人用过的话，我会将这篇小说看作一次值得重视的试验。"恰巧近日我想起他此话，认真打开《黑色里的白色　白色里的黑色》来看，隔了时日，实验性固然仍可检视，我倒想到，集内一篇写一个可厌的黑人少女的《黑妹》，如发表于今天，恐怕实验未谈，先要遭"政治正确"眼光一番鞭挞了。

二〇〇〇年七月，刘以鬯被迫卸下一手创办的《香港文学》编务工作，心情一度滑入低谷，文坛中人也多知晓。隔了六年，我跟刘以鬯做了第二次访谈，文章发表于台湾的《诚品好读》。记得他在访问中提到自己恐怕是华文文学界担任编辑最长日子的人，比台湾的痖弦更长。他一生好像活了人家的三辈子。回到一九八五年,他说这一生,小说创作、文学评论、翻译、办文学出版社都做过了,就是一直未办过文学杂志。我们常说文学杂志的梦是属于年轻人的,但就是为了圆这个梦,当年已六十七岁的他陆续辞去所有报章专栏,专心创办《香港文学》。如今一些电影常言"追梦","追梦"其实不分年纪,只争热忱,属年轻的灵魂而不限于躯体。一编就是另一个十五年。终于一个人,涉足了所有的文学范畴,说到"文学人生",莫过于此了。

如是者,与刘以鬯之间的一些谈话碎片灵光又扑闪脑际。有一段时间,因各种因由我创作少了,见面时他说:"不管怎样忙,小说还是要写的,不要放弃。"简短而语重心长。又记他一次说到文学就是"Write to a Few"(是的,刘以鬯说话经常会夹杂英语),不需理会读者多寡,我听后忘了此话出处,后来读波特莱尔《恶之花》才瞬间"重遇"。(波特莱尔说:"这本书,只为少数人而写。")一个花了大半生精力"娱乐他人"的作家深明此道。

这样的半杯咖啡时光,一直以来我们都以广东话交谈,后来有一次,刘以鬯谈话时全转了国语,我听着觉得有趣,仿佛一个更"原初"的他,如"返老还童"般,自自然然地回到身上。到后来,随着刘以鬯听觉衰退,电话联络少了,再没半杯的咖啡了。但我私人倒是不时记挂,不忘写文章,在不同课堂、讲座、工作坊中向不同的读者推荐、细析刘以鬯作品。始终觉得,对于文学来说,作家交往是一回事,细细走进作品的字里行间才是正道。

跟刘以鬯最后的几次见面，都在公开场合中。一是在二〇一〇年七月十日，第八届香港文学节"刘以鬯与香港文学"讲座中，刘以鬯以特别嘉宾出场。一是在同年十月十二日，由树仁大学梁天伟和黄仲鸣两位教授促成，有幸与刘以鬯做了一次对谈；数以百计的学生前来，为一睹刘以鬯风采。最后一次见面在二〇一四年六月二十七日，是日第七届香港书奖颁奖礼，香港电台极富心思安排刘以鬯担任颁奖嘉宾，颁的是我的小说集《静人活物》，叫我感动不已。刘以鬯步上台阶踏在台上，不拄拐杖步履稳健，噢，想想，不过就是四年前。

　　这几年，每近十二月七日，总蓦然想起刘以鬯一篇散文《九十八岁的电车》，由趋近到踏正到超越这岁数，生命如列车徐徐驶向必至但又仿佛永远不会到来的终站。都说有心理准备，然而灯灭一刻忽至，"噗"的一声，心里还是开了一洞。但他本人，留下几乎一世纪的丰满。

二〇一八年六月

像我这样的一个西西读者

在得知西西被选为本年度香港书展的年度文学作家时，我心里高兴。主办单位贸易发展局早前就此来我家做了一个访谈，谈兴来了，但想到千言万语难免被剪辑成数分钟的录像片段，就开笔在本栏写写多年来阅读西西的感受、所得的启迪。当然，篇幅所限，这不是一篇严谨的作者谈或作品分析，而毋宁说是一篇袖珍版阅读笔记。

"像我这样的一个女子"

在我于文字中认识您之前，您有过许多笔名，跨涉的文类广泛，涵盖诗、散文、小说、剧本、影评及影人访问，以至球评等。上世纪五六十年代，您办过同人刊物，也经历过同人自资出版书籍——在殖民岁月文学"自生自灭"但也自由奔放的年代。余生也晚，错

67

过了不少；没经历的就只能在文字中认知和想象。八十年代，您以《像我这样的一个女子》登陆台湾文坛，屡获文学大奖。跟不少同期读者一样，我是从《像我这样的一个女子》（以下简称《像》）这篇作品认识您的。从一开始，您就是以小说家进入我的阅读世界的。

这篇小说写一个在殡仪馆当化妆师的女子，一直向男友隐瞒职业身份，至等着向他说个明白的忐忑状态。调子是灰暗的，死亡阴影幢幢，取材独特，有说是带有存在主义的弦外之音。没有必然关联，这小说我连着《感冒》来看，也是一篇以爱情小说为题，但提升到对生命思考层次的小说；女子内在心理都透现纸上，男子相对面目模糊，在《像》和《感冒》中都有一个单字名称，叫夏、楚。据您自述，《像》是想好了语调，于一天内分上下午两口气就写完了。这类带有女性感伤的作品，也许不是您最落力之作，但浑然天成，感动了我也感动了不知多少读者。您的小说写来不带激情，但冷笔中有热眼，和对人情世事深厚的关切。

小说手法多变

感动只是其一，您小说形式之多变，所表现出的实验先锋精神，最叫我穷追不舍。年轻时候你沉迷过欧陆电影，于观影室中呼吸日常空气，而你也把这日常呼吸带到您的小说里去了。电影手法影响小说创作，我经常会给现在学生做示范的，就有您六十年代的中篇小说《东城故事》和一九八〇年的短篇小说《春望》。在《东城故事》中,您尝试了电影分镜和观点转换,以七个不同的人物,各以第一人称"我",在八个小节中述说一个叫马利亚的女孩故事,又让西西作为其中一个人物在小说中出现,颇有"后设小说"的味道。《春望》写香港与内地亲人在经历二十四年离乱阻隔之后,重新互通音讯的故事,写来运用了不少跳接、溶接、闪回的蒙太奇技巧。

要看您说故事形式之瑰奇多变,短篇小说是最显著的——将生活选择题引入小说,有小小说《星期日的早晨》;在括号中引用诗词典故,游走古今的,有《感冒》中引用诗经、楚辞、汉魏乐府、唐诗、痖弦的诗;中国话本小说改写有《肥土镇灰阑记》;童话改写有《玻璃鞋》;现代西方经典小说谐拟有《宇宙奇趣补遗》;图文结合的有《浮城志异》,手法层出不穷,不能尽列。对形式之探索本身就倾注了您对物事始终保持好奇的眼光,难得是形式之多变绝非单纯的"形式主义"或外来手法的横移,而每每做到形式与内容紧密相扣,"怎样说"与"说什么"互相呼应。从小说读者至成为一名小说作者,西西作品一直是我的学习宝库。

我城、浮城与肥土镇

形式之外,城市文学,是西西小说创作的重要一环。因为您

69

的小说,香港有了不一样的名字或意象:我城、浮城、美丽大厦、肥土镇等。如果《东城故事》还处于早年"存在主义"时期,《我城》则开宗明义说要写一个活泼、年轻的小说;结合童趣语言、视点转移、陌生化技巧等手法,您铺展了七十年代香港社会集体建设与忧患意识共存的流动生活面貌。一书之落成,常常好像有自身的命运;这小说后来成了我城文学经典,辗转有了不同版本,至二〇一〇年,《我城》"北漂",又有了广西师范大学的简体版。如果说书本之命运不由作者自决,城市的运命也许亦然,乐观情状进入八十年代,因"九七大限"横在眼前,城市转了调子,见诸小说有您写于一九八六年的《浮城志异》,文字结合比利时超现实画家马格列特的画作,经刻意误读、"再情境化",写出浮城突异状态的不安,但也留有一点希望。

西西对于城市的关切,不仅止于一两部作品,而是长期不懈的,如"肥土镇"这城市原型,就可上溯至一九八二年的《肥土镇的故事》,继有《苹果》《镇咒》《肥土镇灰阑记》,至一九九六年的长篇小说《飞毡》等篇。最初肥土镇不叫作肥土,没有人想到它的烂泥会长出青绿叶子来,继而勃发异常旺盛的生命力,烂泥地变成了看风景的地方,当时小小年纪的花艳颜、花可久是见证人。而当花艳颜变成了白发苍苍的夏花艳颜时,花真可永久吗?《肥土镇的故事》末处有此一话:"没有一个市镇会永远繁荣,也没有一个市镇会恒久衰落;人何尝不是一样,没有长久的快乐,也没有了无尽期的忧伤。"

西西的城市小说肯定本土价值，但不囿于地域，在何福仁老师编的《浮城 1.2.3》，我们就可见西西自一九七九年的《奥林匹斯》起，就持续关切香港与内地关系、祖国现实，并将之转化提炼为艺术创作。西西的作品，自身就构筑成"一座城市的故事"。

文字的花

西西小说的形式、内容、主题多变，其中写及自己或带有点自传色彩的，计有长篇小说《候鸟》《哀悼乳房》等作。其中一个短篇小说《雪发》，写一个别人眼中的顽童学生与老师的关系，并述及文凭老师争取权益罢课的历史，看来也甚有西西自身的影子。走笔至此，篇幅无多，我想到花艳颜、花可久的名字应不是随意的，我想，西西必是爱花之人。且让我引《雪发》一段打动我心的文字作结："你教我们认识花：用眼睛看、用鼻子闻、用耳朵听、用手指去感觉。你告诉我们关于花萼、花冠、雄蕊和雌蕊。四美具，是一朵完全花了。我于是知道，花朵也有不完全的。"是的，您让我打开了眼睛，懂得欣赏文字的花。

二〇一一年五月

以书记人，因李欧梵读的一些书

李欧梵教授的学问之路有很多同行者、先行者亲睹见证，也有他亲自撰述的，晚生的我再写怕只能是复述，拾人牙慧更是不该的。那从何说起呢？想起早前李教授在一次媒体对谈中说："潘国灵和我都是书虫。"那且让我从书说起，以书来侧写一个人物，记述一点阅读与人的记忆，和跟李欧梵亦师亦友交往的一点轶事。一些书因李欧梵而读，有他所知的，有他所不知的。

一九九八年我在香港科技大学人文学院念文学硕士时，早一年已闻李欧梵会来大学当访问教授，开设现代文学科目，我当然是慕名登记了。记得当时私下为"迎接"这位学者，在书店买了当时新近出版的《徘徊在现代和后现代之间》，一部口述访谈录，读了许多李欧梵的求学和思想心迹。不久前跟也曾是李欧梵学生的张历君谈起，他说他读李欧梵的第一本著作是《中西文学的徊想》，一九八六年的书，这可是李欧梵第一本于香港出版的书。于此一提,因二书皆有一个"徊"字,我以为此字多少能捉着李欧梵的精神向往:有自己看法但不定于一尊,尤好徘徊,徘徊于西潮与中国之间,徘徊于雅与俗之间,徘徊于学院与学院门外,当时来说,也徘徊于美国与香港之间。"徊想非非",浮游起伏我想就是一种精神自由。在课堂上读的则是仍未成书的《上海摩登》原英文文稿,如此我们约二十个学生就成了此书第一批读者,当时已知同学毛尖已开始翻译,功夫可不少的。此书融合文史,以一九三〇年至一九四五年的上海为中国现代都市文化的范例,出入于报章杂志、新感觉派作家、张爱玲与声光化电之间,重访也重启上海—香港"双城记"之讨论。说到张爱玲,因"九七"契机李欧梵萌生创作《倾城之恋》续集构想,《范柳原忏情录》正好成书于一九九八年,作者给课堂上学生一人赠送一本,我还特意叩他办公室门索取签名,忽见平日谈笑风生的他一脸愁容,许是我敏感,后来才在他著作中读到此年原来是他人生中一段低沉期,此是别话。回到书本,既为"双城记"课,我们也读了 Ackbar Abbas 当时新近出版、引起热烈讨论的 Hong Kong: Culture and the Politics of Disappearance(《香港:消失的文化与政治》),对何谓"消失",生出了许多歧义。犹记最后一课完结后,李教授还邀同学一起到大学咖啡店聚餐,买东西吃时遇到当时在科大驻校的荣念曾,闲谈如小型沙龙,李欧梵是身体力行地把大学应有的浪漫精神带到香港来。

再会时已是二〇〇四年,李教授从哈佛大学荣休,正式"入籍"香港。此时我已转到香港中文大学文化及宗教研究系念博士,李教授返港任中文大学人文学科讲座教授("人文学"可作李欧梵的第二个关键词),我有幸成为他返港后第一个博士研究生。又上了一门研究课,这回深读的是班雅明"未完成的计划"的砖头书《拱廊街计划》(*The Arcades Project*),课堂上真是一段一段细读,也加一点口头报告(犹记我负责报告的是"B Fashion"部分)。这课开启我阅读班雅明之路,记得李欧梵在课堂上曾问:若放在香港来看,哪些地方最能体现拱廊街这种建筑特色?这问题引发了我将眼目放在地铁的过道空间,也在城中做了不少徘徊游弋,浪游者(Flâneur)那种既身在人群却不属人群、既被商品包围又与之抽离、既亢奋又忧郁、把城市当作迷宫的特质颇与本人个性投合,二〇〇五年我写成《城市学》一书多少受其影响。后来此书在二〇〇八年内地出版简体版,李欧梵给此书撰来一段推荐语:"于二十一世纪的香港,一个人可以当城市浪游者、秉承波特莱尔之姿或班雅明式的眼光吗?我曾经尝试,但失败了。潘国灵证实比我成功多了。撇开任何托词,这个问题即可以是一个有趣游戏的开始,潘以高度的敏感性灵巧把玩。《城市学》由三篇专注于班雅明的文章开始,潘于另外二文复把班雅明洞见应用于香港文化之中。对于初接触者,这有一定重量。他的班雅明'实验'有趣和富启发性的地方,最少对我来说,是他选取的场地:香港地铁和九广铁路系统,特别是'两铁'于尖沙咀东透过地下行人隧道接通的地点……能看出与巴黎拱廊平行之处——玻璃天花与两旁建有商店的商业通道——本身就是一个照见未来风景的创意举动。"这固然是对当时年轻作者的鼓励和溢美,亦足见李欧梵那种不嫌自嘲以长人,不拘小节满有大师襟怀的率性。当然,这也是一个从阅读到写作的故事,许多写作者由读者孕育而成共踏的路。

早前香港书展年度作家展览中,李欧梵以三个身份亲撰自述:学者、业余爱好者、文化人,其中最后者的英文相应介绍为Man of Letters——西方对文人较古雅的称谓,李欧梵在中文撰述中故意用上较地道也不那么高逸的"文化人"三字。事实上,李欧梵二〇〇四年提早从哈佛大学退休,来香港虽继续在大学任教,他当时一个新里程碑就是要在香港当一个文化人。此时的李欧梵更大量地在报章写专栏,专栏文集一本一本地由牛津出版社出版,也出席城中各大小讲座活动,其活力之盛令年轻三十年的我也望尘莫及,是真的落实于香港文化土壤中深耕细作。二〇〇五年我邀请他到油麻地 kubrick 书店"粉墨登场"担任嘉宾讲者,这还是他第一趟到这间大隐隐于市的人文书店,我事前约定他在油麻地地铁站等,一起前往。第二次一起出席公开活动,则是翌年应当时创立不久的《字花》之邀,担任"缺席聆讯卡夫卡——阅读座谈会"讲者,同台的还有黄子平教授和在商务印书馆任职的刘美儿。我那天原本预备了三段卡夫卡有关电影的片段,想从此阐释卡夫卡的"神/法/人"三层次阅读,但技术出现故障,临时只能放映威尔斯(Orson Welles)一九六二年《审判》(*The Trial*)著名的"在法之前"(Before the Law)一段(李在 *Musings* 一书中有所记述)。这样卡夫卡也成了我们之间一个契合点。有好几年农历新年李欧梵及子玉都会广开家门让学生友好拜年,特别爱选初三赤口(不吉利的日子),一年我知李教授正酝酿一本文学改编电影之作,带的手信是米高·汉尼(Michael Haneke)的《城堡》(*The Castle*)影碟。我以为卡夫卡的"阅读债"这些年来也算还清了,原来不,二〇一四年李教授在中大"人文重构"(Reconnections)课中又开设新题目谈世界经典,其中一堂谈卡夫卡的课邀请了我和爱丽斯剧场实验室艺术总监陈恒辉分别担任客席讲者。我没有告诉李欧梵的是,为了预备这场讲座,事前我差不多整整两周不停地阅读卡夫卡作品,也包括一些谈卡夫卡作品的论述,顺带把那本著名的可读性甚高但不可尽信的《与卡夫卡对话》也读毕。课堂上我再播了那段"在法之前",想事情二度重演会是如何的。记得课后闲聊李欧梵问到"在法之前"中那句"This door is only intended for you","you"原德文用的是:"du"还是"sie"? 我知道这一"问"其实是一个叮咛,让我在英译本外更留意卡夫卡的德文运用。李教授笑说自己也在自学德文,我猜当时他仍在起步阶段,事隔一年,听说他已能用德文一句一句地啃下那个"在法之前"寓言;早前到德国慕尼黑旅行还遇上一间小书店,带回德文版的卡夫卡短篇集,捧在手中如凯旋。我没告诉李教授的是,他这种学语文为念懂文学的心当时对我感染甚深,私下跟自己说,迟些没那么忙时一定要重拾法语,看我喜欢的法国文学如加缪、杜拉斯哪怕是一页我就心满意足了。可惜我的能量没那么高,短期内恐怕只能流于空想了。

是的,李欧梵是我见过的少数人,真的会看到好书时情不自禁眉飞色舞似赤子小孩如获至宝般。我也极爱阅读,但生性较郁,有时一读就沉下去,李欧梵常常让我想到阅读的幸福,可以把人提起来,从中获取永不枯竭的生命力量和青春气息。这是真正浸淫于书海的馈赠和不老之谜。有时因他而开启了某些阅读视域。譬如,李欧梵常说的世界主义(Cosmopolitanism),促使我打开这方面的著作,近读普林斯顿大学哲学教授 Kwame Anthony Appiah(奎迈·安东尼·阿皮亚)的《世界主义:陌生人世界里的道德规范》,好像自己也是一个对国家认同无强烈感觉的人。一些则在偶尔见面时谈及,可能不过轻轻一提,却给了我追踪的线索。如数年前谈起我创作中的一部长篇小说,以一个作家消失了开展,他马上提到一个剧作 Six Characters in Search of an Author(《六个寻找作者的剧中人》)。记忆中是在乘电梯时提及,我默默记下,回家借了剧作光盘来看,后来又在亚马逊网站以五美元买了这本剧作来看。薄薄的书,一九三四年诺贝尔文学奖得主皮兰德娄代表作,写六个给作家中途弃之不顾的角色,走入排演中的舞台,要求剧场导演改演他们的生活戏码,探索剧场形式和本质,十分怪诞,但隔了年月来看,可能又不太新奇了。又如早前在书展一场晚宴中,跟他聊起一些欧洲名著,他说现代人无暇阅读,自己反而对大部头小说胃口更大,近日便买了昆德拉极之推崇的 Herman Broch(赫尔曼·布洛赫)的 *The Sleepwalkers*(《梦游者》)来看。我没告诉他的是,翌日我在大学图书馆中找出这本书,还一并找来 Robert Musil(罗伯特·穆齐尔)的更大部头 *The Man Without Qualities*(《没有个性的人》),其实不过是翻翻,未可攻克的书墙,永不终结的故事,抚摸一下暂以为亲炙。如是者,这些书话还可以绵绵地说下去,絮絮记忆,应也是文人书友理想的交往。谨将此"阅读报告"献给李欧梵老师当作纪念。

二〇一五年十月

一点文章，一点亲历记忆

——悼陶然先生

如今想来，已无法记得确实什么时候认识陶然。也许见字先于见人，却是陶然写到自己一本书。二〇〇一年我出版个人第二本小说集《病忘书》，未几陶然即写了一篇小说书评《有形无形的病》，却不在他新接任的《香港文学》刊登，而是刊在当时新成立的商务印书馆网站，作"专业推荐"。这当然于我是一个鼓励。

往后跟陶然的往来，主要就在《香港文学》的约稿与交稿之间，但因为都是鲗鱼涌街坊，而杂志社办公室又在鲗鱼涌，有几回也到办公室拜访，某趟陶然约在"太平洋"咖啡店闲聊，一时间我听着这名字有点"陌生化"感觉，就是太古坊的 Pacific Coffee（太平洋咖啡），大家说话声音都细，谈点写作、谈点办文学杂志的处境，温煦而不着痕迹。后来这家"太平洋"改作了 simplylife（星美乐），我们碰到面，有时仍会说，下回约在另一家太平洋咖啡店。

说到陶然，不能不提他每年为《香港文学》一月号策划的"香港作家小说专号"。不知这专号从哪年开始出现，我个人蒙陶然邀约，从二〇一一年至二〇一八年不曾间断，每年这时候刊出一篇小说，仿佛成了"约定"，为我以至于多位香港小说作家，架起一个难能可贵的舞台，也有向外展示的作用。陶然深明要写出一篇小说需时间酝酿，一月份的稿，每每提前几个月便邀约，悉心等候，埋班齐稿每每到十二月十日左右，不到最后一刻不"落闸"。在三联出版的《香港短篇小说选 2010—2012》，编者冯伟才在序中便有此言："本地文学刊物稀少，造成了《香港文学》一刊独大的局面。它每年一月号刊登的'香港作家小说专号'，就像是香港小说创作者一年一度的检阅。据知，有些作者表示，《香港文学》要稿，会拿手中最好的给它，因此也形成了刊登在'香港作家小说专号'上面的，大都是作者的水平之作。"尽管这与此小说选编者可触及的小说范围（肯定也不无避免地仍有漏网之鱼；个人并不认同"一刊独大"之说，以当时来说）和编选角度有关，但这也点出陶然办此小说专号所起的重要性。为此我曾当面向他感谢，但如今想来却只嫌太少太含蓄了。

另外，说到小说，当然不得不提二〇一五年，陶然为庆祝《香港文学》三十周年，其中特别为八个作家，各出版一本小说卷，可见他对小说创作之重视。八个作家我有幸是其一，陶然最初说篇幅约二十五万字，我依此回顾自己的作品编出一个选本（也加入一点新作），后来说要删到十五万字，也依此删减，最后小说选集定名《存在之难》。记得陶然多次说到出版和推广不易；在香港此情此景，也是另一种难。大家交谈不算深，但印象中，他身为建制中人，有时说着说着，也开始熟到会对其中的世相说一两句讽言，但轻描淡写，点到即止。或者其中可见坚持与妥协、谦谦与净净、流露与隐藏，如何同时活于一个文学人的身上。

除了小说专号，陶然自身作为散文家，每年也在《香港文学》策划"香港作家散文大展"，也蒙其厚爱几番邀稿，我曾寄回较散文化的小说片段，也曾特为此专号写较实验性的散文（最后一篇是二〇一八年九月号的《身体成了写作的终极场域》），陶然都有足够的胸襟包容。至于诗，我闲来有写，但很少主动发表，倒是陶然曾两度邀请，为杂志的封底诗创作，成了我不太多的为应"图"而生的诗。最后一次他发来一幅朵拉画作，我写了一首《竹林，别鸟》（刊于二〇一七年八月号），谨重贴如下：

不是所有鸟都属于天空

不是所有鸟都放任翱翔

不是所有鸟都喜欢高扬

如你，生性羞怯，更爱低调

隐在阔叶林之中低空飞行，怕被看见

不是所有鸟都喜欢腐肉

不是所有鸟都喜欢飞鱼

如你，栖在竹枝上施展轻功

等待一颗果子从树上掉下

或者一只昆虫从枝上走过，好作飨宴

不是所有鸟都锐利如鹰

不是所有鸟都痴情如雁

但你也不错呀毕竟有一个双生伴儿

你身上的棕与眼圈的蓝也甚美丽

如果转换姿势

还可看到你修长的尾巴和尾下的白色覆羽

听说你还懂得模仿别鸟声音

因此细小如你，也可成鹭，成鸥

点缀竹林，也可成为主角

以上说的多是文章记忆。又说回亲历。除了以上写及的点滴，较特别的，是一次共行的东北疆七日考察行。时维二〇一〇年八月一日至七日，我随同一群作家，包括陶然、潘耀明、王良和、蔡益怀、原甸、宋怡瑞等，取道北京前往内蒙古海拉尔、满洲里，再转往黑龙江的漠河、哈尔滨，这趟我首度踏足东北，去了有"中国北极村"之称的漠河，距香港四千多公里，在"中国最北邮局"给香港寄回两帧明信片。旅程丰富,在此与陶然特别有关的只记一笔。满洲里接壤中俄蒙边境,售卖俄罗斯工艺品的店铺自然多,俄罗斯钢制用具、琳琅满目大小精细不同的俄罗斯套娃自是少不了。印象中黄昏走在街头上,陶然忽生一念,邀约王良和、蔡益怀和我,各以俄罗斯套娃为题,给《香港文学》写一篇小说。后来回程,应约交回的好像只有蔡益怀一人。我当时未能交出,算是失约了,但一直念之,时而找来家中一个俄罗斯套娃,对着企图与它产生通感"物语",结果真的闪出创作意念,写成的小说《俄罗斯套娃》却是发给廖伟棠当时在《明周》策划的"日月文学"(后结集于小说集《静人活物》)。小说细节多少取材自这趟行程经历,但故事是虚构的,自以为意念独特,虽最后未能于《香港文学》发表,但没有陶然发挥编辑本能的兴之所至,这篇创作便不会出现。

最后一次见面,在二〇一七年十二月三十日。那年底"港深城市/建筑双城双年展"参展项目"异质沙城",以敝作长篇小说《写托邦与消失咒》为创作蓝本,其中有由谭孔文改编自小说的《洞穴剧》体验式剧场。广州的凌逾教授与研究戏剧的林兰英当日清早特乘坐"广九"号火车,远赴北角 Connecting Space(连接空间)观剧和出席下午座谈会。中午,凌逾先约在城市花园酒店中菜厅"粤"饮茶,来者还有陶然。也是在这席间,首次听到陶然道明快将卸任《香港文学》总编辑之职,说时也是一脸淡然,看不出其悲喜。记得他也说到这样也好,之后便可放更多时间在自己创作上,之前因为编务,自己的创作一直有所耽搁。如今不过一年多矣,忽闻噩耗,天人永隔,之前约稿往来的点滴文字仍留在电邮中、短讯中,多少令人措手不及,但经过去年的无常幻灭,又觉事情就是这样,发生了便发生了。我只是希望,不需再多写一篇悼文。

二〇一九年三月十一日

爱荷华相遇

一　聂华苓

"我是一棵树。根在大陆。干在台湾。枝叶在爱荷华。"聂华苓自道。

枝叶繁茂,予人庇荫,种子落地,又自身长成另一参天大树:始创于一九六七的爱荷华"国际写作计划"(简称 IWP)。

二〇〇七年八月二十五日,中午时分抵达爱荷华塞德莱比茨(Cedar Rapids)机场,由于我直接从纽约乘内陆机出发,在三十多位来自世界各地参加 IWP 的作家中,我第一个到达。稍为安顿,不敢怠慢,拨电话到华苓老师家报平安。

下午六时,聂华苓驾车来到大学旅馆,随行的还有她的外孙Christopher,三人在一家韩国人开的亚洲餐厅,共进晚餐。聂华苓这前辈很好，八十二岁还很有魄力，中气十足，说话爽朗，一派女中豪杰气势；尽管她说她感觉自己正在老了，她一点点的伤心事，我在《三生三世》中已经看了一些，就是丈夫诗人 Paul Engle 于一九九一年在旅途中猝然身亡，好一段日子，她也倒下了。

饭后到了她在鹿园的红楼。鹿园，因为后园有鹿；红楼，则取其外墙颜色，跟《红楼梦》倒是无关。我在她家周围看，红楼两层高，底层有一书房，放着不少书，楼梯挂了很多具民族特色的面具。很多 Paul Engle 的东西：照片、画家给他们画的肖像、书籍等。连 Paul Engle 最后打的一封未完的稿，仍原原本本地卡在打字机中。

这么多的珍贵书画、刻蚀着往事的纪念物，红楼，真是一座情感博物馆。记得聂华苓一次说："这么多的记忆都在这屋子里，我怎么可能搬得动。"我无法不想到波兰女诗人辛波丝卡的《博物馆》：

> 王冠的寿命比头长。
> 手输给了手套。
> 右脚的鞋打败了脚。
>
> 至于我，你瞧，还活着。
> 和我的衣服的竞赛正如火如荼进行着。
> 这家伙战斗的意志超乎想象！

它多想在我离去之后继续存活！

二　骆以军

"骆以军这人糊里糊涂的,真担心他来不了。"一夜等着骆以军抵埗,聂华苓不无挂心。

门铃终于响了。眼前出现一个高大粗犷男子。骆以军常说自己是胡人,单说外表,果有几分。

甫落机,肚子饿,聂华苓给他弄了一客清汤河粉。原来他是一名素食者。缘由是考大学时立下誓言,如果老天爷给他考上他就戒肉,于是就与肉绝缘了。"也不是很严的那种素食主义者,我这个人,做什么事都不会太'严'。"骆以军说。

其实不。生活不修边幅,可写起小说来专注投入,默默承受寂寞如苦行僧,对自我要求极严,有大作家的气魄。这种人是大智,大智若愚。

难得糊涂的骆以军,在爱荷华的确弄出不少趣事。一次,他用微波炉翻热从家乡寄来的食物,弄得过热惊动了鸣火钟,消防车火速跑来,附近学校大楼连一众"国际写作计划"作家们下榻的大学旅馆也得疏散,他躲在房里,不敢出来。到不得不出,唯有点头哈腰逐一赔罪,其实根本没人怪他。没事就好,虚惊一场,大家乐得呵呵。

骆以军嗜烟，在台北一天抽三包。大学旅馆内不许抽烟，幸好爱荷华城里有一间 Tobacco Bowl 咖啡店，顾名思义，烟可吸也。他常常待在里头，边写作边吞云吐雾，每写一字，身体被侵蚀一分。我们在烟、酒、文学偈中，度过了美好若梦的一个秋季。

我们约好有一天再回爱荷华，甚至有诗为凭，我赠他的《等着与你抽根烟》：

我忽然想起你
很想跟你抽根烟
在凉风飕飕的晚上
朗月高照

我把香烟含在嘴巴
你给我点火
我卷起手掌给火苗
圈出一道篱笆

吞云吐雾
我说："亏这月是亏的！"
你说："不打紧呀，抽下一根烟时，它就会变成盈月了。"
我说："我信，我信。后会有期。"

88

有蟾蜍作证

三　Bob Dylan

有些人可以亲身接触,有些人就只能隔距离观望了。说的是美国诗人创作歌手 Bob Dylan。早升上殿堂,但依旧活跃唱作。去年拍他的电影,有 Todd Haynes 导演的 *I'm Not There*(《七人一个卜戴伦》);同年他更获普立兹特别表扬奖;在他精彩绝伦的人生中,只算是锦上添花吧。

二○○七年十月二十四日,Bob Dylan 来到爱荷华开音乐会。一大群"国际写作计划"的作家捧场,不少人不过为看看他的"真身"。场馆 Carver Hawkeye Arena 却没有满座,有人说,他几年前就来过了。音乐会很长,有作家朋友喊闷,毕竟 Bob Dylan 由首到尾就是不断吟哦,边唱边弹键盘、吹口琴;没开腔说过半句话,拒绝"沟通"。旧歌欠奉,只在完场"安哥"时唱了一首 *Like A Rolling Stone*(《像一块滚石》)。有的人等了三小时都等不到经典民歌 *Blowing in the Wind*(《在风中飘荡》),有点失望。*Blowing in the Wind*? 说笑吧。可记得电影 *I'm Not There* 中,其化身 Cate Blanchett(凯特·布兰琪)断然地说"I'm Not Folk Singer"(我不是民歌歌手),就是不想活在你的期望设限中。该片导演 Todd Haynes 曾说:"多年以来,卜·戴伦从来都拒绝自己以往扮演的角色。他不断地前进又不断地否定自己。"就是不想活在你的期望设限中。

关于这场音乐会，有一件趣事。美国音乐人开音乐会，"主菜"之外常常搭几件"前菜"，这次，Bob Dylan 出场前，先有 Amos Lee 和 Elvis Costello 相继出场表演。台湾小说家骆以军不知 Bob Dylan 庐山真面，误信韩国女诗人罗喜德说：Bob Dylan 已死了，今天是人们翻唱他的歌曲向他致敬。骆以军翌日要乘早机，听罢 Elvis Costello 出色的演唱便走了。韩国女诗人还向我探问：Bob Dylan 是否有一个日本妻子？我听后大笑，原来她把 Bob Dylan 跟 John Lennon 混淆了，笑破肚皮。可怜骆以军一心前来"朝拜"，却错过了"本尊"。骆以军笑说，跟韩国女诗人这个"账"，迟早要算。

其实不打紧。Bob Dylan 又瘦又矮，站在舞台上，只像一粒音符；拿着望远镜，都未必看得见。

我想到 Bob Dylan 在自传《像一块滚石》中说："大多数演唱者都想着让人记住他们自己，而不是他们的歌，但我不在乎这些。对我来说，我所做的一切都是为了让人记住我唱的歌。"我却因为他的一言不发而记着他了。

四　Suzanne Vega

没料到在爱荷华的旅居日子，可以看到 Bob Dylan、Queen Latifah(电影《芝加哥》中饰演 Mama Morton 一角的黑人歌手)的演出。还有,还有我心爱的 Suzanne Vega。

已有六年没推出唱片的 Suzanne Vega,去年推出她的第七张专辑 Beauty & Crime(《美与罪》)。我第一时间到 Virgin Store 购买。配合新碟宣传,这位纽约城市歌者在美国巡回演唱,其中一站,在爱荷华。

演唱会在爱荷华城中的 The Englert Theatre 举行,只演十月五日一场。跟 Bob Dylan 正好相反,Suzanne Vega 与台下观众有说有笑,在歌与歌的间场中,有时说说轶事,有时说说歌曲的创作意念,如新曲 New York is a Woman(《纽约是一个女人》),创作灵感来自时代广场 W 酒店,一个住在二十七楼的住客,从高处眺望纽约的印象:迷人但有点破落,像一个迟暮女星。我暗忖,这歌是否也是歌者的自画像? 不会,不会,Suzanne Vega 尽管已经四十八岁,当年出道时的 Baby Fat 早已跑掉了,但她在台上演唱时,依旧散发着一份清丽脱俗。

歌者随心,欲把时间留住的,倒是听众。演唱会尾声“安哥”,Suzanne Vega 问大家想听新歌还是旧歌,众口齐声:“Old!”我不知道歌者当下的心情,她倒也顺应人心,重唱 Luka(《卢卡》)及 Tom's Diner(《汤姆的店》)这些经典歌曲。也没法子,一九八七年这两首曲子,实在太深入民心,富深意的歌词、跳脱的节拍、清纯的嗓音,当年我也为之倾倒。怀旧,也许大家都希望记取生命中最美好的。当然，Suzanne Vega后来的音乐创作，其实风格多变，民歌之外，又注入迷幻、电子、跳舞、工业音乐等。这点，时间应给她一个肯定。

五　唐颖

在爱荷华又认识了上海作家唐颖。她二〇〇四年参加过爱荷华大学"国际写作计划"，二〇〇七年再回来，为的却是儿子，母亲伴着儿子到爱荷华高校上学。

唐颖是小说作家，也是电影编剧，曾任职于上海电影制片厂，又曾在新加坡电视台做过一年编剧；丈夫张献搞戏剧，但也曾"触电"，电影《茉莉花开》编剧就是他。

都是文字人，最好的沟通莫过于在文字中交会。她送了我两部小说集《红颜》和《随波逐流》，我都看了。《红颜》收入的四篇小说都以上海为背景，其中同名中篇以上海理发店为场景，十分特别；碰巧我写过一篇关于头发和发廊的文章，便传了她一看。无心插柳柳成荫，她把文章传了给新加坡《联合早报》编辑余云，结果文章在"名采"版刊登；写作多年，这可是我在新加坡的第一篇文章呢。

《红颜》曾经被改编成电影《做头》，关锦鹏监制，江澄导演，关之琳主演；电影我没看过，唐颖笑说：不看也罢。她另一中篇

《随波逐流》以上海弄堂为背景,写一对上下毗邻的男女的微妙关系,岁月和情感跨度颇大,空间感则有点像《花样年华》,只是左右相连变作上下邻居。后来听她说,原来这个小说,当年卖给了一家由剧作家夏衍后代策划的公司,但故事通不过审查,最终没有拍成。后来这主事者看到《花样年华》大表叹息,当年她买下这个小说,想拍的就是这种味道!

是的,王家卫,是我们的共同话题之一。我同意她说:"阿飞是王家卫厨房最浓烈的一锅高汤,之后都好像是从这锅汤里化出去。"听说她长篇小说《初夜》里,有一大段关于《阿飞正传》的感想,嗯,有时间,要找来看。

六　痖弦、郑愁予、李锐、西川

有什么可把这四个文学大家聚在一块? 爱荷华是也。

去年参加爱荷华"国际写作计划"(IWP),适逢其会,IWP 刚好四十周年,十月份其中一周特别隆重庆祝,跟 IWP 有渊源的四位中国作家:痖弦、郑愁予、李锐、西川也回来了,逗留一星期。我跟骆以军像小孩见偶像一样,未见其人先紧张起来;有趣在骆以军这段日子常关在房间里看贾樟柯的电影,一次他在《站台》里看到有份客串的西川,预先壮了胆:"不用怕,不用怕,他在电影中滑稽极了!"到西川从影像中跑到现实眼前,人果真随和,诗人的英文还非常了得。痖弦，"一日诗人，一世诗人"，《如歌的行板》多年不知掳获过多少心灵，包括我。郑愁予"达达的马蹄是美丽的错误"，归人驾的是一辆 GM 汽车，细说缘由，原来是念兹在兹美国诗人挚友 Paul Engle 生前坚持用美国车之故，侠道精神，可见一斑。人人都说李锐样子有几分像鲁迅，其实相似的何止是外表，还有风骨。

二〇〇七年十月十一日，四人在一场"*Scattered Seeds：Writers from China and the Chinese Diaspora*"（散落的种子：来自中国和散居海外的作家）的讲座中，轮流发表讲话和朗读作品。痖弦说到自己少小离家，十七岁与母亲一诀永别，并念了一首打动人心的《盐》："盐呀，盐呀，给我一把盐呀！"声音雄浑低回百转，不负是念戏剧出身的。郑愁予重旧情，特别选读了纪念 Paul Engle 的挽诗《爱荷华葬礼》。李锐选读了小说《无风之树》某段诗意章节，反复低吟，如泣似诉。西川摘下眼镜，读着自己富幽默感的英译诗作。这是值得纪念的一天。

这个星期，酒杯碰了多次，声音铿锵，岁月如歌。我见识到文人的气度。于是念及：文学之必要／旧情之必要／一点点酒和"爱荷花"之必要……

二〇〇八年七月—八月

纽约遇到的一些人

——"路过蜻蜓"日记

2008.1.16　拜会高人夏志清

当年修中国现代文学课,夏志清教授那具有开创性的《中国现代小说史》是必读的,连随他与捷克汉学家 Jarslav Průšek 的"笔战"文章;是故,当定居纽约的画家司徒强说"找天带你们去拜访夏志清教授"时,感觉像是从文字世界一下子跃至真实世界会见高人;同行的视觉艺术家白双全也说有点"超现实",他正好读完了夏志清兄长的《夏济安日记》。

夏志清与夫人就住在哥伦比亚大学附近的宿舍公寓;一室是书,其中一张书桌上放了很多药瓶,原来他吃不少心脏药,可幸精神饱满,又十分健谈。他说话滔滔,国语夹杂很重的上海口音,不容易听懂。他人很风趣,随行的还有香港艺术策展人 Stella,他笑说 Stella 看样子只有十七岁，又扯到诗人奥登当年与谁人假结婚，若要在美国留下来也可效法之。

人在纽约，他对华文世界的消息也颇灵通，知道李欧梵教授刚写了一本关于《色，戒》的书。司徒强说我是李欧梵学生，夏志清马上打趣说，如拍一部李欧梵的电影，可找我演年轻版李欧梵。然而我没李欧梵的玉树临风，又怎敢当呢。才一高兴，生平却第一次被说名字改得不太好，国灵，国灵，"国家的灵魂"，我明白，夏志清对国家总是敏感的。我可没法子，名字由不得我（我也曾说过要去"国"留"灵"），如果可以，我多想跟兄长交换名字呢（兄叫智灵，"智慧的灵魂"也）。

都是戏言。戏言由住所延续至附近一片上海馆子。夏志清继续风趣幽默，我们继续侧耳倾听。"十七岁姑娘"坐在他旁边。有笑语，有佳肴，只是味精下得重了一点。饭后又回到他家，他赠了我一本《鸡窗集》，如是者，我又回到他的文字世界。

2008.2.10　为陈奕迅远走赌场

在香港，常听闻香港歌星到美国赌场登台，拉斯维加斯是常地，纽约也有一家金神大赌场（Mohegan Sun），谭咏麟、周杰伦等都在此演唱过；二〇〇八年二月十日、十一日，有陈奕迅的"Moving on Stage 3"。我一向喜欢听陈奕迅，又想到可当是文化考察，在纽约唐人街大三源餐馆看到演唱会海报，便购票去了。

从没听过一个演唱会在凌晨二时开始的。赌场果然是不夜天。凌晨二时的演唱会，晚上七八时却已经要准备就绪，匆匆在唐人街填饱肚子，就乘旅游巴士前往赌场。说是在纽约，实情是在康乃狄格州，车程长达三个多钟，在漆黑中超越高速公路，抵达赌场时，已近凌晨。

这样看一个演唱会，好不划算，但住在唐人街的中国人，可能真没多少节目。更多是醉翁之意不在酒吧，来赌场听歌，顺道在赌桌玩两手，免费专车接送外又送餐券，所以听闻，不少唐人街长者以此作周末节目。时间不划算，门票也不便宜，58、78、108、138,US Dollars，赌场比北京奥运更爱"8"字，发财发财，好意头嘛。

入演唱会场馆要检查，男的搜身女的搜袋。三面台，E 神虽贵为香港一线歌手，却没全爆。现场音响不佳，也许影响了歌者，当晚陈奕迅有点失准，入 Key 不稳。"仍是我，陈奕迅，开演唱会不必多废话"，第一次到美国登台，他也入乡随俗，会恭祝大家手风顺，赢多些。

凌晨唱罢，第二场在翌日下午二时，如此紧密，怪不得说登台是"挣快钱"。赌场毕竟不是唱歌地。听罢演唱会，我又乘旅游巴荡几小时回纽约唐人街，抵达时，天空已翻出了鱼肚白。听说三月份接着陈奕迅的，有郑秀文，我却是倦得要命，一次够了。

2008.2.22 见台湾导演林正盛

纽约有不少 Art-house 影院，我经常走进里头，寻梦去也。其中一家位于东村附近，叫 Anthology Film Archives，专映美国独立及前卫电影，及欧洲、苏联及日本电影，间中亦选映亚洲片，我在这里便看了鸿鸿的纪录片《台北波西米亚》。二〇〇八年二月，它更为台湾导演林正盛举办了一个影展，选映他由一九九六年至二〇〇五年的七部剧情片。

林正盛这个名字，我早已听闻。二〇〇二年，香港曾举办一个"台湾电影节"，其中选映了林正盛五部作品，开幕电影是他的《爱你爱我》。他的背景令我萌生兴趣：出生于台湾东部偏远的山地部落，家中务农，中学毕业后由台东走到台北学做面包，从学徒做到师傅，前后的面包生涯长达十一年。一九八四年偶然修读电影编导班，从此改变一生。一九九六年及一九九七年先后拍成了《春花梦露》《美丽在歌唱》，在国际影展中大放异彩。

《美丽在歌唱》当年看了，女性情怀，刘若英和曾静演得丝丝入扣。这次补看了《春花梦露》和《爱你爱我》。《春花梦露》由李康生主演，戏里有很多李康生涂发乳、对镜自梳的镜头，令我想起《阿飞正传》里的张国荣。《爱你爱我》发掘了银幕新人李心洁，男主角张震演的是一个误入歧途的面包师傅。是的，《美丽在歌唱》《爱你爱我》中,都散发着面包香。

第一次得见真人,在映后答问环节,矮小结实的他戴着一顶鸭舌帽,从容不迫地回答问题,既说影片细节,又宏观地谈谈台湾电影业。后来,竟然又在台湾年轻纪录片导演黄儒潢搞的聚会中相遇,由于是家庭派对,距离拉近了。也许舟车劳累,看样子他有点困,有时说说影话,有时则在沙发上闭目养神,倒也舒坦随意。我想问他做面包与拍电影之间的关系,但想到这问题他可能已答了千回百遍,便也打住。临别时只递上电影明信片,索取签名留念。他签了两张,并写下日期:2008.2.22。

2008.4.14 访 David Rockefeller, Jr. 之家

纽约的洛克菲勒(Rockefeller)家族,在世界赫赫有名,受人尊重。以石油起家,发财立品,家族在美国建立起庞大的慈善事业。说起来我也是受惠者之一,因为赞助我到美国交流的亚洲文化协会拨款计划,就是其家族第三代的 John D. Rockefeller 3rd 于一九六三年创立的。

二○○八年四月十四日,第四代的 David Rockefeller, Jr. 于他曼克顿家中首次为亚洲文化协会设招待会,一众正身在纽约、受资助的亚洲艺术家自然在受邀之列。有"城中之城"之称的洛克菲勒中心大家都去过了,私人住所又是何模样? 众皆好奇。

99

住所在上城区,乘电梯入内,眼前打开的并不是想象中的偌大厅堂,楼层面积不大,上下层打通。我站在门口处正打量着墙壁上的画作,忽然来了一个彬彬有礼、身材略胖的中年男子与我握手,谈起墙上一幅毕加索的立体画,以及一幅我不认识的彩色泼画;男子得知我是一名作家,说有兴趣的话可以写写他的屋内收藏。噢,原来此人正是主人家!屋内一角的阔太闻声而至,纷纷移步过来,亲自介绍,又抢着与主人家合照。我便又移开脚步,视线转向一道长木梯,木梯通向一个在墙壁高处上零零舍舍凿开的圆拱口,看进去原来是一个小书房。全屋我最爱这一角落。

入屋要请柬,位于第五大道上的洛克菲勒中心,可是全美最大的私有公共空间,向全人类开放。冬天时这里的凹陷广场变身户外溜冰场,我在这里转了几圈,很畅快。又看到广场上铭刻着第二代 John D. Rockefeller, Jr.一连串"I Believe"的信条,如"我相信法律是为人而设而不是人为法律而设;政府是人民公仆而非主人"等。是的,这个世界,没信念不行。

2008.5.4　到 Cooper Union 听一场艾柯

美国笔会二〇〇八年在纽约举办了第三届"世界之声"国际

文学节,一连六天,以"Public Lives/Private Lives"为主题,云集了来自五十二个国家的一百七十二位作家参与,不乏文学巨星。五月四日,有意大利小说家、符号学家、中世纪学家艾柯(Umberto Eco)压轴的 Arthur Miller Freedom to Write Lecture(亚瑟·米勒自由写作讲座),讲题是"On the Advantages of Fiction for Life and Death"(论小说在生与死上的优势)。小说创作,生死攸关;到场一睹风采,则只需十五美元。

演讲在历史地标 The Cooper Union 举行,建筑特色与文学气息十分搭配,只是宏伟的 Great Hall 也许本不为演讲而设,内有多根圆柱,遮挡观众视线。但这只是小瑕疵,艾柯不愧是名家,全场座无虚席。

先由美国作家 Francine Prose 介绍出场(咦,她的 *Reading Like a Writer* 我看过,不俗),然后主角出场,主讲了二十五分钟。艾柯的英文夹着颇重的意大利口音,不容易听懂,大意他说到小说与历史之别、诠释之极限、解构性批评的"美国病"、"慢读"(Slow Reading)的好处、多向文本(Hypertext)的可能等。然后是纽约作家 Adam Gopnik 跟他的对话,长约八十分钟,火花不算热烈,倒也畅所欲言,多谈了对互联网、艺术教育、语言权力的看法等。

2008.5.8 纽约地铁艺术,有一个香港女子童谣

在纽约地铁二百多件公共艺术作品中,有一件,出自一个香港女子之手,她有一个美丽名字,叫童谣。童谣十七岁便来到美国,先后在西雅图的华盛顿大学、纽约的纽约市立大学修读艺术,现于纽约 New Museum 工作。

一个下午,与童谣相见于她工作地附近、Nolita 区的一间咖啡店。童谣递上名片,背景是布鲁克林 New Lots Avenue 地铁站月台,上有她的玻璃画作"16 Windows",于去年落成,在地铁站永久摆放。

公共艺术必须与场地呼应,这个地铁站是一个高架车站,有室外光线透入,月台上十六块等高玻璃框,人站着正好是家中窗户的高度,如此,童谣想到,把月台上一列玻璃,变身公寓窗户,从中展现一般市民的日常生活仪式,像盥漱、梳头、洗衣服、讲电话、带小孩、看电视、用电脑等,八扇在上班前,八扇在下班后,日出而作,日入不一定休息。车站是高度流动的空间,童谣表现的却是恒常生活的体验;逃逸的刹那,构成了生活的循环。玻璃窗画色彩亮丽,予人缤纷快乐之感,有趣在童谣私下说:"人们天天都过着同样的生活,若看真,其实都好 Sad。"这兴许就是艺术家的潜文本;我想到俄国小说家果戈理的一句话:"如果我们专心地、久久

地看着一则好笑的故事,它就会变得越来越悲伤。"

其中一扇,画上窗不是美国式的上下拉动,而是内外推掩,窗旁有盆栽,原来灵感来自香港。一年暑假回港,赫然发现母亲家中有很多小植物,于是十六扇窗中,便出现了一个浇花人。她的母亲是谁? 香港著名编剧岸西是也。东岸的童谣与香港的岸西,透过远方一扇窗接通了;十二小时时差,晨昏颠倒,但母女情深。

二○○八年八月

动物　人与动物的交集

消失中的动物

　　看见年轻朋友在地车中玩着 NDS 中能吃喝拉撒睡、可抚摸懂撒娇的电子狗,那个电玩游戏不禁把我的思绪带回儿时的动物世界。

　　儿时的确常与昆虫为伴,这还是蚂蚁甲虫壁虎可随意在墙壁攀爬、蝉蛾蚱蜢蟋蟀可自由在空中打转,不绝的蝉鸣与间歇的蟾蜍怪叫声合奏成成长的背景音乐,而统统还没退入光亮家居背面黑洞的年代。并且还有家禽,黄毛小鸡在盒子内蹦蹦跳、呆头呆脑在啄食鸡粟,丑小鸭在扁着它的嘴巴"嘎嘎"叫;"鹦鹉学舌"并非只是一句抽象成语(小时候养过一只五彩鹦鹉,并且还有相思、画眉、彩凤)。地上有金钱龟在爬行,爬到不知名的角落,绿色巴西龟群居于小小的透明箱子中永远不会走失。看水族馆不一定要光顾海洋公园,斗室中有一个水族箱,水族箱内养活过金鱼、热带鱼与咸水鱼,红狮头、黑蝶尾、朝天眼、水泡眼、清道夫、神仙鱼、接吻鱼、水晶虾、蝴蝶鱼、小丑鱼等,色彩斑斓各有神态,后来怎么鱼鳞剥落白点滋生鱼鳔废了、青苔蚀进海草、鱼缸水分给蒸发掉以致全军覆没,一一朽坏,我已经记不起来。"总之,就是很自然很自然的,好像某天起床张开眼睛,统统不见了。"

还有"自来狗",我清楚记得,一条杂种唐狗在梅艳芳参加新秀歌唱比赛那天跑来家中,给我们收容了,与我度过不短的时日,后来却在母亲威逼下落得亲手把它送到当年的防止虐畜会(未知这是条黄泉路),哭得我死去活来。现在,流浪犬在城中大大绝迹了。可以给饲养在家中的动物,都成了宠物。"主人"与"玩家"(Player)成了近亲(有宠物店推出"试养期"服务,到底是祸还是福?)

如果以上给你一点怀旧的味道,这是我的罪过。虽然我并不认为怀旧必然是罪名,但据说空洞的怀旧是对现在及未来时态失去把握的表现(如果是的话,这种空洞对我来说又是那么必然)。与同代人说起,我们只是惊讶,时代痕迹的抹掉并不需要经过漫长如石头风化的过程,只消两个十年,我们儿时的成长氛围——动物的世界、群体游戏的天地,已彻彻底底在后现代消费社会中化作无痕。今天,还有谁家的孩子会在屋前的空地(这样的空地也不存在)玩猜皇帝、红绿灯、丢手绢、抛豆袋、何济公、捉匿人、捉迷藏,身手矫健地跳橡筋绳或者跳飞机(橡筋绳是用一个个细小的橡筋圈串成的,双翼飞机是用白粉笔就地而画的)。没有,没有。统统没有。有的话,这必然是幻觉。

我并不特别惋惜这些物事的消逝。我想说的是,在时空压缩的今天,你实在不需要活到百年人瑞才成为"活化石"的。只消两个十年,你曾经跟同代人集体做过的平常事,便会成为新生代所不理解的"史前活动"。你说"跳房子";孩子会说:房子不是跳的,是买的,或者供的。你说"折飞机",孩子会说:飞机不是折的,是搭的。"何家小鸡何家猜",变成世上最费解的谜语。历经禽流感电视直播鸡只集中营的寻常可怖画面,小鸡不可能再是可爱的象征物。"鸡仔唛"童装如何改头换面压根儿是上一代的产物了。鸡仔饼还有哪个孩子会吃?"鸡公仔,尾弯弯,做人新抱甚艰难……"现代妈妈再不会在孩子床缘忧戚地唱了(连妈妈自己都不懂了)。

再想想我们儿时玩的摇马,在公园、游乐场、酒楼玩的弹簧坐骑玩具,除了飞机、宇宙飞船之外,不是很多都是动物造型吗(如马、鲸鱼、蜜蜂等)? 由此我们得知,动物世界曾经跟孩童世界是多么的亲近。旋转木马曾经是孩童的想象天堂。而现在,旋转木马在城中也逐渐消失了。

一只小鸡,诉说着儿童世界以至于整个世界的质变。但动物其实并没有真正从儿童世界中消失,只是变了另一维度的"存在"。想想迪士尼乐园,那些米老鼠、唐老鸭、高菲狗、三只小猪、小熊维尼,不都是以动物为造型吗(动物拟人化)? 想想以猫为造型的 Hello Kitty（凯蒂猫），想想由一度流行的"他妈歌池"中的电子鸡，到时兴 NDS 中的"任天狗""任天猫"，有谁可说现在的孩子不爱动物？即使是长大了的成人，看到这些动物化身，也偶尔表现出情不自禁的天真呢。

动物并没有消失，只是不明就里地随人类由真实走入虚拟。真实的动物叫苦连天，而虚拟的，受宠无惊。

二〇〇七年

我和三色猫的日子

　　某年,我搬进大埔锦山村居住,村屋有一个大露台,露台围着铁栅栏,栅栏的阔度不足以让一个人通过。但猫可以。一日,一只自来猫闯进来,白白胖胖的,身上有几块啡黑色,是一只三色猫。我拍一拍窗,很轻易把它吓退了。不过,给吓着的,其实是我自己。

　　自从中二那年在父母的威逼下亲手把爱犬送到防止虐畜会,而后来方知道防止虐畜即等同人道毁灭,我便暗暗许下:我是不会再饲养动物的了。更何况我从没养过猫,更何况那只是自来猫。说不定它才"捐"过某条坑渠呢。

　　但它还是来了。三番四次后,我的心就软下来,心想它可能肚子饿了。我竟然到超市买猫粮,又倒了清水,放在露台上,隔着露台的落地玻璃看它的食相。它的毛白茸茸的,看起来一点也不邋遢,也生得一副靓猫相,是猫女;平生最爱靓事物,又近女色,猫女很快就得到我的欢心了。整个村子猫女基本上是任我行，但来到我家它的活动范围只限于露台，我也时常走出露台喂饲它，抚摸它，不久我的露台便成了它自出自人每天必然到访之地。

但猫儿原来真像女人，很懂得寸进尺。它拍打玻璃窗像叩门似的，有次更跳上我睡房的窗台，想从窗的缝隙中挤入。它的诡计没有得逞。硬闯不来，它便用软功。有次把我吓得半死，一踏出家门楼梯口有一只死掉的小鼠。问爱猫朋友，她说这是猫儿跟人示好之意。如向情人送花，它送我的竟是一块沾血的鼠皮。它看见我便自动滚地沙翻出白肚皮给我抚弄，摆出一副无比享受的神态。它的到访愈来愈频密，有时在露台上发出娇嗲的猫叫声，喵喵喵，轻若求怜，有次我抵挡不住就把落地玻璃窗开了半尺，它就如闯进新大陆般蹑手蹑脚地走进客厅来。后来的发展自不用说，露台—客厅—沙发—书房，最后叫我忍无可忍的一步它也做了——趁我不知时跳上我的睡床！

单凭它这一弥天大罪的举动，我已可狠狠把它抛出窗外。但我没这样做，因为在这个时候，我发现，我对它已经生出感情了。除了睡床外，任何地方我可以让它爬，它喜欢在软绵绵的沙发上睡觉，我看影碟时它就喜欢伏在我的大腿上，享受着我的爱抚。后来也不仅止于爱抚，我还与它耳语，面对面我竟跟它说着喁喁细语："肥妹（它的名字），你知不知我很锡你呀！""肥妹，乜你咁靓女嘅！""肥妹，我同你倾紧偈你知唔知呀？""咁肤浅嘅！"可能你会说——不错，是很肤浅的话，但你要求我跟一只猫说什么呢？对一只猫说人话，还要以缠绵悱恻的语调，这于我来说已够匪夷所思了。而匪夷所思的事，我差不多每天做着。

它不明白我的人话，我也不明白它的猫语。不过，人与人讲求心灵相通，人与猫的沟通乐趣，却很多时建立在互不理解之上。

譬如：绳子。你只要手执一条绳子，垂垂地吊下来，猫儿就会举起前爪非要抓着绳子不可，你摆动绳头不让它轻易抓着，它的蛮劲近乎一种锲而不舍的意志，又像是自动化了的机能反应。又譬如：胶袋。你拿出一个空胶袋，最好是街市卖水果用的那种轻飘飘薄切切的红胶袋，放在猫儿跟前，它就会自动地与胶袋搏斗一番，又害怕又好奇地想探清胶袋内有什么东西，伸出前爪试探试探，胶袋被抓得飘浮起来，它就吓得缩头屈尾，如是者纠缠不休，胶袋成了恐惧、危险、快乐、好奇的象征物。每逢看到这一幕，我便想起电影《美丽有罪》(American Beauty)里那段胶袋飘扬的录像，一个胶袋仿佛可以触及形而上的世界。记得一位哲学教授在讲海德格的《存在与时间》时，曾经说猫的世界不是实体世界，其中他一个论据是，猫儿是不懂得向镜子里的影像做出反应的！我没做过这样的实验。当然，根据心理分析学说，也只有灵长类动物懂得从镜子中辨认自己，从而思考自己的身份。我觉得这些学说都是很人本中心的，从猫儿的角度看，我们何尝不是不懂得对胶袋做出反应的动物呢！

说到这里，我还没有说到"肥妹"这名字的由来。其实，非常简单，就是一个"肥"字。它愈吃愈肥，我思疑它在同一村屋内吃几家茶礼，不过它终究不是女人，我并不介意它这样做。不过，无论名字多么简单或俗套，一旦有了名字，就标志着身份的确立。这个名字也道出，我对人与猫两者审美观之别——我不爱肥胖的女子，但不知谁说的，猫要肥才美，这点我却十分赞同。我还替它换了一条挂在脖子上的猫带，原来的那条名副其实是"箍颈"的，绑得紧紧的，还吊着一个铃铛，边走边发出喞喞声，我觉得猫儿应也享有不被知晓行踪的自由，就给它解除束缚了。

有了名字，又有猫带，我还替它买了杜虱药，有时干粮以外又会给它买些美味罐头，如此说来，我俨如一个主人了。但我始终不以主人自居，它也不是我的占有物。它仍可自出自入，无影无踪，吃几家茶礼，合则来，不合则去。它始终只是喜欢来便来的"情妇"，而不是我的"同居者"。其中，最具象征性的，是猫砂。我由始至终没为它准备过一盘猫砂，不曾打算要为它清理大、小二便。我对猫粪始终有一种厌恶。它懂得自己在村子里的花丛中解决，我从没见过从肥妹体内排出来的一丁点粪便（虽然它曾在露台撒尿）。如果昆德拉是对的话，我便成了一个非常媚俗的人。他认为"媚俗"（Kitsch）就是对大粪的绝对否定，这绝对否定就是"无条件认同生命存在的美学理想"，在这理想中，"大粪被否定，每个人都做出对这事根本不在意的样子。这种美学理想可

114

称为'Kitsch'(媚俗作态)"。从猫儿,我看到自己的媚俗。不愿意接受粪便,还称不上爱(如同现在很多父母把清理粪便的责任也委托给了菲佣)。

从猫儿,我也了解到自己原来可以是一个负心的人。一切缠绵耳语可以顷刻收起。一年后,我搬出市区居住,我没有把肥妹带走,一是我总觉得它是属于锦山村的,二是我始终不是它的主人(带走它可真是拐带),三是我"不负责任"。从它的禀性我肯定它不是一只野猫,它或许是前身某业主遗下的宠物,而我的搬走,让历史一再在它身上重演。二〇〇三年五月十八日,我离开锦山村,我想象肥妹某天回来发觉人去楼空时必定彷徨落寞至极,只是,我已经没有再回头看。

二〇〇三年

115

都市中,连鸽子也迷失了

尔冬升导演的《门徒》中,给我留下最深刻印象的,不是刘德华的白发造型,而是吴彦祖上大厦天台喂白鸽的两段戏。明文法例不许喂饲野鸽,好一个"知法犯法"的警察,单凭这一举动,叫我相信,这电影角色委实是一个好人。但剧终,白鸽都不翼而飞,绝迹天台,对着空空的天台,好人也只能一脸惘然了。

我家住在铜锣湾拐入跑马地的榕树旁,前阵子这里发现带有H5病毒的死鸟,这片地带,近日也仿佛弥漫着白鸽的骚动不安。隔壁一幢低矮唐楼,近日被团团围上暗绿纱网,仿佛一块掩人耳目的魔术布,布内进行着大刺刺的楼宇拆卸,等待布幕翻开,偷天换日,楼宇从有到无。

在围上纱网之前,屋檐上时有白鸽栖身。我每天隔窗与一只白鸽打照面,它白胖胖的,经常一动不动,伫立良久,仿佛守候着无名的主人,又或是无边的漆黑。自从楼宇被封起来后,它自是少了一个栖息的老地方。这不仅是空间的问题，还是声音的问题，如果白鸽真的喜好平静，我不知道它们如何在震天价响的推土机、打桩声之中生活下去，又或者，它们的韧力并不比人类弱，正如生活在现今都市的我们，也习惯把拆建声当成城市的背景音乐。只是一天，无意中听到隔邻地盘工人说话的声音："又有一只死鸟，今天已是第三只。"敢情是被声响轰死的。城市的拆建声，像金庸笔下金毛狮王的狮吼功，足以置雀于死地。

不仅如此，活在这都市中，我想白鸽也迷失了。晚间睡觉，彻夜常有白鸽碰撞窗户的声音，那么的响亮，令你知道那真的是方向莫辨的撞击，撞击力不弱，砰的一声，紧接着的是白鸽的哀鸣，就像我们不慎与墙壁碰撞，发出的痛楚呻吟。古时人用飞鸽传书，白鸽的方向感应是异常的好，它们在城市中的迷失方向，未尝不是城市变成一座大迷宫的隐喻。

近日，铜锣湾时代广场一带的树木，被大幅劈削树冠，以防雀鸟栖息。树木灯泡缠身，却不容雀鸟，诚是消费社会的一大荒诞相。遭殃的不仅是鸟儿，还有树木，不适当的劈口，容易令树木感染细菌，灯泡会令树木受热、加重树木承受的重量。这种给树木张灯结彩的城市景观，在中国不少繁嚣城市如上海、香港等，都随处可见，在这见怪不怪、习以为常的景观背后，掩藏的是城市人的暴虐——不是杀戮战场的那么血腥，而是把万物生灵都放在边陲，一切以人为中心的狂妄。这狂妄是兵不血刃、渗进日常生活的,在文明城市,我们当然不会拿猎枪射杀白鸽,但屋檐、露台全都让路予密封的高楼大厦,鸽子要找得栖身之地,也只能学习在大厦闭门深锁的铝窗外"踩纲线",它们又不是飞鹰,难道叫它们飞到九霄云外,与摩天大楼比天高吗?

　　自古以来,人类给雀鸟赋予不同的象征意义,如乌鸦,凶鸟也;白鸽,则是和平之物,在《圣经》中、在毕加索的画中,都是如此,这不消说。乌鸦袭城,是广泛的城市化问题,在美国、新加坡等国家,人们想方设法驱逐乌鸦。想不到的是,一直与人和平共处的白鸽,都遭逢被人类赶尽弃绝的厄运。是以,当走过屋外那棵大榕树,看到白鸽与麻雀共同埋首吃食雀粟,心里不由得感谢那些如电影中吴彦祖的善心人,低调地延长着野鸽子的黄昏。

　　城市空间环境的改变、对传染病高涨的危机意识,白鸽越来越无容身之地了,我们都知,养鸽人在种种限制下,正逐渐消失。想到王安忆的《长恨歌》,开首的城市白描,以白鸽盘桓上空的眼睛来打量上海这个城市;如斯景象,不知可否多延续一世纪。白鸽与人的关系,其实不断地诉说着一则大同小异的城市寓言。

二〇〇七年

动物的尊严告别

养鸽人说:鸽子如果久不折返,即是它已不在了,鸽子不喜欢死在主人面前,让主人伤心。真正离开,便是永恒的告别。

由此想到多年前养的一只小狗。小狗只有几个月大,接收过来时已经染病了,原主人好心做坏事,替小狗冲凉,但婴儿小狗怎抵受得了风寒?一场清洗变成一场疾病。我抱它看兽医,治疗期间也有过起色,但终究是病入膏肓,无力可挽。记得小狗在世的最后日子,经常找洞子钻,当时已心知不妙,小狗命不久矣,未几,一天醒来,小狗不见了,最后在家里一个窟窿把它的尸体找了出来。

动物对于自己的死亡是有预感的。爱猫朋友也说,猫儿染了重病都喜欢躲起来,不喊叫,不呻吟,非常平静的,躺在一角,静候生命尽头的临来。倨傲的猫儿,至死也不失尊严。

由此想到人。似乎只有人的死亡才有"送终"这回事,有些命理相士,甚至会推算一个人在临终时会有多少人送终。愈多人送终,福分愈高。中国人把送亲人最后一程看得很重。由此又想到生。如果说将死亡当成被观看仪式是人类文化的话,那人类呱呱落地时的第一声啼哭,则是发乎自然吧。动物又好像不一样。小时候家中母狗生过三胞胎,小小生命是如此无惊无恐地来到世上。真是静悄悄的来,静悄悄的去。

莎士比亚说:"我们出生时忍不住放声大哭,因为竟来到一个全是傻瓜的大舞台。"也许对动物来说,只有生死界线,没有聪明或傻瓜,也无分值得不值得,结果反而比人超逸了。人禽之别,在吸第一口气和咽最后一口气之中透现——先贤孟子可没有告诉我们。

二〇〇六年三月

斑鸠筑巢的都市寓言

早前香港黄大仙一个商场有斑鸠筑巢，引来市民围观；令人好奇的不是斑鸠本身，而是被看作"自然"的斑鸠，在看作属于"城市"的环境中筑巢，这个组合所造成的对比效果。我们不是斑鸠，不知道雀妈妈是错把天桥当大树，还是进化到懂得重整城市空间秩序（一般相信是前者）。这个小故事，其实牵涉都市发展的理论。

英国开放大学(The Open University)编撰的"认识城市"课程系列丛书之一的《骚动的城市》(*Unsettling Cities*)，其中便特辟章节，讨论城市与自然的关系。一般城市创建的故事(Foundational Story)，无论是把城市看成是驱逐自然的"文明故事"，还是把城市看成是破坏自然的"堕落故事"，都常常把城市理解为自然以外的一切事物，是与自然区隔的纯洁空间，以至于城市本身就是反自然的(Anti-nature)。《骚动的城市》挑战了城市纯粹是人类及文化成就的迷思,指出城市的特色不仅来自社会多元性,亦由环境差异造成;城市的边界并不如想象般清晰,组成城市的各种移动和固定因素,除了人,还有动物、植物、物质和能量等。

书中举出不少有趣的例子,如十九世纪末著名博物学家、鸟类学家与旅行家胡德森(W. H. Hudson)发现一对林鸽筑巢于伦敦白金汉宫花园,城市论者威尔森(Elizabeth Wilson)论及伦敦广场后巷出现狐狸,并将之解读成一则城市寓言。人类对不同动物有不同喜恶,林鸽叫胡德森高兴不已,狐狸相对来说更似都市的入侵者,但正如书中所言,即或是自古已是人类天敌的老鼠,"却有其用途,因为它们暗示了一般人了解城市的方式。……都市中老鼠的现身,也侵蚀着我们对何谓都市的认知。由下水道,甚至浴室厕所蹿出来的老鼠,动摇了城市只属于人类的虚构故事"。

由是我想到于纽约地铁车轨中看到老鼠钻动、松鼠与露宿者共借一张公园长椅、有麻雀飞进香港的密封商场等,看在我这城市游荡者眼中,实在比人类家庭精心饲养的宠物更要有趣。这种莫名其妙的乐趣,威尔森文中一段话正中下怀:"城市的间隙,夹缝中遗忘的片段、逃过一劫的角落,才是城市的魅力所在,人迹鲜至的小广场、沟渠、荒芜的房舍,广大公共空间里的私密角落。狐狸——城市的乡村入侵者……提醒我们,正是那些意料之外、未经计划与不协调的部分,方赋予城市生活愉悦迷人,以及时而呈现的骇人之处。"

斑鸠筑巢于商场的行人天桥比这更有趣，因为商场既是大众空间，而行人天桥的隐蔽处同时又是为人所忽略的"私密角落"。当然，话说回来，城市人喜滋滋地围观，乃因被发现的是斑鸠，若是乌鸦，城中的反应肯定大有不同——要知乌鸦一向被人类视为不祥之物（只有少数例外），并且乌鸦进城，也切实成了很多都市面对的棘手问题。由此可见，"自然"与"城市"根本已无从二分，所有的自然物，实则也携载着人类给它们投射的符号性。

说到这里，我想到不时有野猪或野牛"迷走"都市的新闻，除了被视为对城市的入侵，记者以及观众也常常难掩兴致，城市的"愉悦迷人"与"骇人之处"也果真混同。每有动物出现于都市背景的舞台中，除了构成"奇观"，我想，也提醒着我们，城市不仅是分离的实体，也是人类以外动植物的重要活动场所；城市边界模糊不清、杂乱蔓生，可以有着更加动态的城市—自然形构可能。

二〇一〇年九月

旅游 在路上 游走或者停歇

巴黎影像私语

电影史例牌的第一堂课:法国是电影的发源地。一八九五年十二月二十八日,卢米埃兄弟在巴黎大咖啡馆首次公开放映电影。稍后还有拍电影如玩魔术的梅里耶。来到巴黎,我看到更多的是绘画、建筑、雕塑、作家故居,却找不到电影博物馆,依旅游书找到了 Bercy 站,却扑了个空,迷途之中,只偶然看到了一个以 Jean Renoir 为名的街牌,就觉得是意外惊喜。后来又在拉丁区附近,碰到一条 Descartes 街,就觉得巴黎到底是巴黎,对思想家、艺术家始终有种特殊的尊敬。

尚·雷诺亚令我想起红磨坊,说的是他的《法国肯肯》(*French Cancan*,1955)。但说实话我更记得妮歌洁曼的后现代版《情陷红磨坊》(*Moulin Rouge*,2001),尽管是荷里活搭建的厂景,但也不减观赏的愉悦。来到以印象主义艺术品驰名的奥塞博物馆，看到罗特列克（Henri de Toulouse-Lautrec）的巨幅招贴画 *La Danse au Moulin Rouge*（1895），红磨坊艳影在他笔下色彩斑斓而不掩哀伤。这位瘸子画家自身的故事何尝不是一首悲歌。美国导演约翰·侯斯顿将其生平故事拍成了《青楼情孽》（*Moulin Rouge*，1952），将红磨坊译成青楼，中国味太重兼过于赤裸了。当下便决定翌日必要到红磨坊一走。来到闻名已久的蒙马特，转了多圈终于伫立于红磨坊的大风车叶前，看看票价却贵得惊人，盘缠几近用尽，它的吸引力还未至于叫我透支信用卡，便就此打住。反正蒙马特的吸引并不止于此。

蒙马特坐落于海拔一百三十米高的石灰岩山丘上，它的倾斜地形叫人走起路来总有歪斜的感觉。十九世纪时它曾经是波希米亚流浪艺术家的圣地，当然也是灯红酒绿的风化区，现在的旅游味道则嫌太重，杜鲁福看到不知会作何想。提起杜鲁福绝非偶然，我个人差不多将蒙马特与杜鲁福联想在一起，尤其当来到巴黎第二高点的圣心堂前，脑内便即时勾起《偷吻》（*Baisers Volés*，1968）的影像。电影三番四次出现圣心堂的特写，事实上，男主角安坦的寓所就面向圣心堂，一打开巴黎特有的大白木窗（我喜爱巴黎的其中一样小东西），圣心堂便映入眼帘。其中一幕，安坦写信给鞋店的老板娘："你太宽容了，我不值得你对我宽容"，镜头忽然接到圣心堂，仿佛一时之间老板娘已经成为他心目中高不可攀的女神。容或是过度诠释,但圣心堂不可错认。巴黎的教堂都是尖尖的哥特式的,最著名的当然非巴黎圣母院莫属,唯独圣心堂,白灿灿的卵形圆顶,罗马式和拜占庭式相结合的别致风格,巍然耸立于蒙马特山巅,与周围环境似乎有点不协调,初看有点刺眼。

说到杜鲁福,又岂可溜掉蒙马特墓园。一九七七年,电影《爱女人的男人》(*L'Hommes Qui Aimant les Femmes*, 1977)以男主角 Bertrand 的葬礼做开首与结尾,男主角迷恋女性的腿部,为腿生为腿亡,追着一个女性的腿而被汽车撞倒,最后埋葬于蒙马特墓园,前来凭吊者清一色是女性,各人向棺木撒一把黄土,也好,死者棺木的低角度正好成全他对女性腿部做最后一次的大检阅。料不到的是电影拍罢七年后,杜鲁福也入土于蒙马特墓园,这样,他与蒙马特的关系就成为永久性了。这里一直是艺术界知名人士的安息地,有作曲家白辽士、俄国舞者尼金斯基等相伴,杜鲁福也不愁寂寞吧。时值杜鲁福逝世二十周年,又是纪念的好时机,我于密密麻麻的墓堆中搜寻,却寻找不果,当找到作家左拉(Émile Zola)的墓时,管理人员吹响哨子,原来墓园也如办公室般准时五时关门。

来到巴黎,罗浮宫当然是不得不去的。关于罗浮宫之大,高达在电影《不法之徒》(*Band of Outsiders*, 1964)中早跟大家开了一个玩笑。在电影中,两男一女在等待打劫前,百无聊赖,最后想到以最快时间走毕罗浮宫来打发时间,三人握着手在罗浮宫内跑呀跑,最后他们用了九分四十三秒[1](荧幕上却是三十秒不足),打破了一个美国人创下的九分四十五秒纪录,这个纪录不知是真是假。有说假如你在罗浮宫每件作品上只花上数秒时间观看,约三万件作品就够你花上四十小时——足足一周的工作时间。我对过大的空间有恐惧感,又没耐性,只非常选择性地挑了法国、北欧、意大利和西班牙的绘画来看。

莫非真是怕古埃及展馆有千年的幽灵隐伏?说笑罢了。如此故事只能是电影桥段,千禧年一部电影《浮宫魅影》(*Belphegor*: *Phantom of the Louvre*, 2001)便以古埃及木乃伊邪灵为故事,邪灵通过电流上了女子丽莎(苏菲·玛索饰演)的身体,电影拍得平平无奇,法国国宝苏菲·玛索也难力挽狂澜,但始终是第一部大量在罗浮宫实景拍摄的剧情片,说到罗浮宫与电影影像,这部电影还是值得一提。当然,电影既然以古埃及邪灵为故事,又怎会放过捕捉协和广场埃及尖碑的影像——说这里魅影幢幢或许更令

1　这个纪录最新被贝托鲁奇的《戏梦巴黎》(*The Dreamers*, 2003)打破了,电影里三主角模仿《不法之徒》这段情节。当然,说到巴黎景观,电影开首由高至低扫过巴黎铁塔的景象,更叫人印象难忘。

人置信,因为大家都知道协和广场的历史一点也不协和,法国大革命时期它就是断头台之地,劈下了法皇路易十六、皇后玛丽安端妮特等千多个头颅。

如此这般,你本以为对一处地方一无所知,原来在脑海中早已下载了一大堆文字与影像。有些影像记忆井然有序,如传统中药店的百子柜,实地景观开出一条药方,脑子自动往百子柜的抽屉搜寻药材。譬如,香榭丽舍大道,抽屉里少不免有高达的《断了气》(Breathless, 1960)。但更多的是杂乱无章、过后即忘,电影眼与肉眼的先后次序也经常分不清楚,搅作一团。譬如,庞比度中心、卢森堡公园、毕加索博物馆,令我想起伊力卢马的《巴黎的约会》(Les Rendez-vous de Paris, 1995;电影分三段故事,三段故事分别出现以上景观),但反过来,说《巴黎的约会》令我想起庞比度中心、卢森堡公园、毕加索博物馆,也未尝不可。回港后,有时甚至好像患上了一种 déjà vu(似曾相识症),在电影中看到熟口熟面的巴黎景象,就思疑自己有否走过这条大道或那个街角。或者必须放弃直线记忆的逻辑,记忆永远可以从后修补。而如果真有一个影像记忆百子柜,它也是私人的(因人而异),经过人为编码的,就如这篇文章所呈现的一样。

对于一个浸染于小说、电影、绘画的旅行者而言,旅行已经成了一种文化想象与实地观感的掺杂。譬如，我在巴黎小居的拉丁区，是巴尔扎克的《高老头》（我在拉丁区一间叫 le Soufflot 的咖啡馆看毕这部小说）[1]、普契尼《艺术家的生涯》[2]等文字影像与实地体验的总和。譬如，对于巴黎地铁霉暗陈旧的观感（但我喜欢 Metro 这个名字，相对于其他城市的地铁名字，更富一种大都会感），除了经过亲身接触外，或多或少也来自《不法之徒》里 Anna Karina 的一句话："People in the Metro always look so sad and lonely." 以及随之而来的高达招牌式跳接（Jump Cut）——镜头跳到几张地铁乘客的疲乏面孔，最后不无反讽地停在一个叫 LIBERTÉ 的车站。还有，奇斯洛夫斯基《白》（Blanc, 1994）里，那个落魄理发师瑟缩于地铁站一角吹奏着一把梳子的影像，不禁令我见到形单影只的卖艺人时，想象他们背后有什么耐人寻味的故事。

又譬如，当我通过奥塞博物馆的大钟看到远远的千禧摩天轮时，我看到的不仅是一个巨大的白色摩天轮，还有蔡明亮《你那边几点》末段尚-比埃·里奥（Jean-Pierre Léaud）[3]徐徐老去的身

1　小说以十九世纪拉丁区为背景；当然经过奥斯曼大规模的城市改建计划，巴尔扎克时代的巴黎已不复见。

2　又名《波希米亚人》，剧情以十九世纪巴黎拉丁区一群流浪艺术家的生活为背景。

3　杜鲁福"安坦·但奴"系列的男主角。

影;岁月悠悠,而他已经老了,或者已走近生命的尾声,但巴黎和电影,还是会继续下去。

二○○四年二月

那年那天，在蒙帕那斯墓园

　　最宁静的一种公园，叫墓园。或者你会问，墓园（Cemetery）也算是一种公园吗？那要看公园怎样界定。但据说在纽约中央公园还未落成时，十九世纪上半叶曼克顿人口倍增，城市人假日要暂离烦嚣，其中一个暂且被权充为郊野公园的去处，便是布鲁克林绿木墓园（Brooklyn's Greenwood Cemetery）。在曼克顿我到访过的墓园，只有下城的圣三一教堂和圣保罗教堂墓园，华尔街寸金尺土，还可让死者"奢侈"地占据一地，这自然跟此二教堂之地位、教会的权力相关。这两座墓园附属于教堂之下，虽然也有人在墓碑之间促膝谈心，感觉上仍像私家庭园；若说墓园开放如一片公共空间，我更想到巴黎。

　　是的，巴黎的蒙帕那斯墓园，是一片旅游胜地。二〇〇三年一个暑假，我到巴黎索邦大学学习法语，周日每天都要上课，周末，罗浮宫、奥塞博物馆、庞比度中心等必到之地外，偶尔我会溜到墓园去。幸好不是太多人喜欢亲近死者,墓园虽说在深度旅游书必有介绍,也不至于吸引太多访客,仍保守着一分它应有和特有的静穆与庄严。我作为人文朝圣者踏入墓园,很快就找到萨特与西蒙波娃合葬的墓碑,墓碑放着一片片小石,小石压着一张张紫色小车票,此外还有水果和鲜花。我也拿出自己的一张车票,拾一片小石压着,加入许多默默到此一游的匿名者行列。让生者继续呕吐,死者安然。存在的时候,多大的空间共栖也嫌挤迫,死后的六尺黄土,二人平卧而睡,却是恰到好处。这一对哲者恋人,毕竟是幸福和登对的。

我在墓碑之间溜达。死亡在这里只有静默,没有阴森。很多文化名人葬于此地,也没拿着地图刻意寻访,偶尔碰到自己认识的名字,如诗人波特莱尔,小说家莫泊桑、杜拉斯,社会学家涂尔干、法国电影资料馆创办人 Henri Langlois 等,就默默记下,或者在心里行个敬礼。各人的作品我都看过一点,深浅喜好不同,但此时此刻此地,竟然都一次过打了个照面。波特莱尔,我最喜欢他的不是《恶之花》而是《巴黎的忧郁》。杜拉斯,《情人》不说,《广岛之恋》单是文字版,我都读得津津有味。墓园里放有不少雕塑品,如长眠守护神铜像、原始主义立体派雕塑“吻”(Le Baiser)等,都惹人遐思。我在法国雕塑家娄宏(Henri Laurens)的人像前驻足良久——人像低头蹲踞,一身重压都卸在仅可依靠的一根手杖上,肥厚肌肉加倍放大生存的沉重感,似乎只有死亡才是永恒安息的归宿。但死亡不一定面目狰狞，有的墓碑设计十分趣致，如以七彩花猫马赛克替代灰白碑石，就使我会心微笑。Henri Langlois 的墓碑也有趣，铭刻于其墓碑上的，是多出电影如《四百击》《乱世佳人》等剧照的 Collage，委实是生也电影死也电影。一块块高低不一的墓碑矗立着，有小女孩低头沉思，沉思着什么呢？莫非就是我从小至今也百思不得其解的死亡意义？

这刻我想起来了，一次跟当时一名意大利同学相约出来，大家不知怎的就走到蒙帕那斯墓园。这一定是我的馊主意。事后回想，也不知她作何想。但我们的确在墓园里消磨了一个下午，在墓园便不一定要谈话，静默被充分允许（墓园吊诡地没有所谓"Dead Air"）。墓园坐落城区，被四周大厦围困，虽说欧洲楼宇普遍不高，但在墓园里巴黎最高的蒙帕那斯办公大楼（Tour Montparnasse）也常常收入眼帘，因远近造成的视觉幻象，乍看有时也像一座墓碑。没料到一年多后，美国的苏珊·桑塔格也来到这片"文人浩园"，加入名副其实"哲人其萎"的阵地。

谁说生者才可以移民？思想家、艺术家以巴黎墓园为最后的栖息地多的是，如美国演员珍茜宝、俄国现代舞者尼金斯基（葬在另一处的蒙马特墓园）——也不是你说来便可来，没杰出人文成就的休想，如果当中包含虚荣，这应该也是踏进冥界前对人世最后的欲望，可被理解和包容的，也因此为人生留下了一个漂亮的句号。许许多多的漂亮句号，使巴黎蒙帕那斯和蒙马特墓园（葬于此地的艺术家有作曲家白辽士、电影导演杜鲁福、法国作家左拉、一代舞者尼金斯基等）成为一个人文爱好者的"朝圣地"，退尽喧嚣，没有嘉年华，没有庆典，不需要掌声，就轻轻放下一片石头吧，也许你可以听到自己的心音。

二〇〇九年十月

离开这里，就是我的意思

　　"离开这里，就是我的意思。"——多年前已在日记本上，记下卡夫卡这个句子。土耳其诺贝尔得奖作家奥罕·帕慕克（Orhan Pamuk）在自传体作品《伊斯坦堡》里说："所谓不快乐，就是讨厌自己，讨厌自己的城市。"我说不上是快乐的人，但并没有讨厌自己的城市，讨厌跟爱与恨，到底是不同性质的情绪。讨厌是一种负能量，而恨未必。我对自己生活的城市，充满了复杂的爱与恨，但很少想及讨厌。同样，一直想到离开，也与讨厌无关，而毋宁说是一种流动的心态。

　　游子不安，而不安正是某些人，起码在某阶段所追求的。我的意思是，生活在后现代社会，我们也许需要凭依一种流动性的生活价值。上一代说"安身立命"，譬如，找一个地方安居，找一家机构做它大半辈子，再中产一点的想法就是在"社会阶梯"上向上爬行——不说这"安身立命"的神话是否已经幻灭，即或仍然可行,在多元价值的年代,也只是一种选择,已非必然。

荷兰建筑师库哈斯(Rem Koolhaas)说:"地球上已经不存在'稳定'的事物,已知的世界每一刻都有爆发性转变的可能。"不同的社会理论家都以不同的论说阐述这点,譬如,波兰裔英国社会学家齐格蒙特·鲍曼(Zygmunt Bauman)说的"液态现代性"(Liquid modernity),轻如液体成了现代人的生活形态,由此他谈及"由重转轻的现代性""存在中诱惑的轻"等。他有一篇写文化身份简史的文章,说现代人由朝圣者(Pilgrim),历经闲逛者(Stroller)、流浪者(Vagabond)、旅客(Tourist),最后以玩家(Player)为终点站的进程。比较属于臆测性,但很有意思。

如是者,所有带流动性的身份,如都市浪游人(Flâneur)、游牧者(Nomad)、移居者(Migrant)、流亡者(Exile)等,都成了文化显词,甚至成为流行时尚。布波族(BOBO)这个在千禧年才在美国诞生的词汇,进入国内广泛传播迅速盖过"小资",当中与它拖着半条"波希米亚人"的折中尾巴不无关系。什么文化身份也好,其实也是为自己的存活找一个价值路径,说到底其实也是一种"生存之道"——在不稳定的社会常态中自足自处,学习在绳索上行走,而不一定脚踏实地。

都市浪游人的鼻祖班雅明(Walter Benjamin)说过:"在一个大都市里,找不到路固然讨厌,但你若想迷失在城市里,就像迷失在森林里一样,则需要练习。"在新形态的流动社会中,我们就是要学习"飘移",即使什么地方都不去,安在自身城市中,有时也要自我疏离,将陌生人拉进个人的剧场中,又始终与之保持距离。一些以往普遍被定性为"负面"的东西,如"矛盾""分裂""迷失""无根""短促",我们需要对之重新确认,它们不一定要被化解而可以被活现出来,甚至为生活注入新的力量。

流动性,不只是个人的主观愿望。科技的进步(互联网、流动电话)、物质的变换(大量即用即弃的用品)、时空的压缩(飞行时间的缩减)、全球化的步伐等,已经为流动生活做好了充分准备,姑勿论它指向的是提升还是沉沦。我是在这种生活哲理下想及卡夫卡的话:"离开这里,就是我的意思。"而终于在九七回归十周年之际,我选择了做一个"不在场"的人,飞抵了地球的另一方,在曼克顿继续踏我的城市狐步。

二〇〇七年六月十八日

爱荷华的梦

　　二〇〇七年八月二十五日,我从纽约飞到爱荷华州,降落于 Cedar Rapids 机场。一个陌生的名字,但其实所有机场于我都是陌生的,你很难跟一个机场发生感情,Cedar Rapids 跟 JFK,都是人生过境的场景,同样来去匆匆,然而念及人生种种过渡状态,机场又变得熟悉起来。我把腕表拨慢了一小时,纽约与爱荷华有一小时的时差。在地球的时差上,纽约与香港刚好"一个对"(晨昏颠倒),爱荷华与香港是十一小时,理应是稍稍近了一点,但感觉上却是更遥远了。因为时间以外还有空间,如果纽约还有摩天大楼、地铁、满溢的都市符号可资与香港对号入座的话,爱荷华全然是一片绿洲。好的,我就是希望走得更远。

　　从机场到爱荷华大学,沿途尽是大片大片的绿地,非常平坦的,金黄色的玉蜀黍田随处可见。不久我便知道,这里,除了玉米外,猪特别多,爱荷华是美国出产猪的重镇,据说猪的数目是这里

141

人口数目的三倍,但我从没在室外见过猪的踪影,想必是给关在农场喂养,继而被运走、屠宰。说到爱荷华,不能不提的还有位于其中东部的爱荷华大学,公立的常春藤,偌大的校园自成天地,因为一所大学,整个州都戴上了光环——"爱荷花的光华"(聂华苓语),尽管这里根本没有荷花。

这所大学在爱荷华于一八四七年立州的五十九天后创立,可说与爱荷华共生共存。风光明媚,扬眉之事多得一摞摞,譬如,这里的医学院及医院是全美一流的,法律系的图书馆也位列全美之冠,它是最早给女性颁授法律学位的美国大学,等等。而与写作相关的,不能不提爱荷华大学闻名遐迩的"作家工作坊"(Writers' Workshop):一九三六年创立,出过不少小说家与桂冠诗人,摘下为数相当的普立兹奖及国家图书奖。爱荷华大学是首家颁授 M. F.A. in Creative Writing 的大学,开风气之先,已成此中典范。因为爱荷华大学,爱荷华成了一个大学城;因为"作家工作坊",爱荷华大学成了一所写作大学。

说到写作大学,不得不提的,当然还有这里的"国际写作计划",自一九六七年成立以来,这个计划已把超过一千位来自世界各地的作家聚合起来,今年正好是四十周年;江山代有才人出,站在巨人肩上,这里新添的神话有土耳其作家奥罕·帕慕克(Orhan Pamuk)——二〇〇六年诺贝尔文学奖得主,一九八八年的"IWP Alumnus"。每年八月至十一月,在天色怡人的秋夏之交,分布于世界不同角落的小说家、诗人,纷纷来到这里,像朝圣一样,进行为期三个月的文学交流。计划由生于斯长于斯的美国诗人 Paul Engle 及其文学家妻子聂华苓创立,最初被视为一个疯狂构想,看聂华苓的《三生三世》,方知这疯狂构想源于一瞬间的念头,在两夫妻一次撑船的途中,聂华苓灵机一动,向保罗提出这个空前构想。都说水是生命,爱荷华河原是播种的摇篮,小小的河汇入滚滚的密西西比河,深不可测。Paul Engle 在退任"作家工作坊"主任后,全力投入其中,二人耕耘不息,种子日益茁壮,长成参天大树。多年以来,这计划与中国有深厚渊源,曾参与其中的中国作家超过一百位之多。政治力量、国土边界把作家打成离散的游魂,独独在爱荷华,文学成了一块强大磁铁,奇迹般地把离散的凝聚起来。如果人类过于理智,如果人类过早扼杀疯狂,后来的事就断断不会发生。疯狂的构思,后来在美国追随者众,"国际写作计划"成了不少文学交流计划的模范。一九七六年,Paul Engle 及聂华苓,因在"国际写作计划"上的贡献,被提名角逐诺贝尔和平奖。[1] 文学与和平,被放在了一个和谐的天秤上。疯狂于文学家来说有不一样的意义,我想到 *Man of La Mancha* 的歌曲 *To Dream the Impossible Dream*。因为有人"梦那不可能的梦",一粒麦子落

1　二〇〇八年,聂华苓入选爱荷华州妇女名人堂。同年,爱荷华被联合国教科文组织命名为文学城。

在地上，结出许多籽粒来。我刚巧拾了一粒，或成了一棵，于此时此刻。近十年，从内地到此的作家大致没有间断，台湾、香港的却断了多时（香港更久），今年因缘际会来到此地的骆以军和我，没料到接上了一个长长的缺口。

　　在我十多年的写作人生中，二○○七年是最特别的一年。在香港的文化环境中，文学作家常常都是无主孤魂，也不一定特立独行，只是乏人问津。我习惯于位处边陲，因而也时时感到自由，连随一点虚空。像这阵子三十多位作家密集地相处，感觉有点像"作家公社"的生活，对我来说，是史无前例的经验。要把作家所属的（如果真有所属）国家标示出来，你必须摊开一张世界地图，把地图当成手卷，以经为轴，从澳洲翻到亚洲，从亚洲翻到欧洲，再至非洲、南美洲、北美洲，而最后你发觉麦哲伦果真不错：地球是圆的。有些国家比较亲近，曾经踏足，有些你只在文学中交错相会，有些则闻所未闻。也别笑我孤陋寡闻，在美国，有人把前南斯拉夫西部的 Montenegro 错认在非洲（因其"Negro"之名），连蒙古国都有人以为在非洲（那就情非可原）。所有作家加起来，就是一堂世界地理课。地理之外，语言更是复杂得无以复加，阿拉伯语、土耳其话、西班牙语、蒙古语、马他语、希腊文、意大利文、中文等；来自肯尼亚的作家说单单非洲就有两千种语言；来自海地的女作家会说法文、英文，但撩拨心弦的必是海地语，一次她谈着海地语时哭了（我又如何告诉他们中国的广东话之历史与边缘，以及我们长年累月口与手之交缠?)关在房门,各自磨蹭于各自的大国或少数语言,我想到《圣经》里的巴别塔,人们说着不同的话,彼此相隔。幸或不幸,我们有了英语,世界的共通语言,你明知权力运行其中,但你有沟通的欲望,那就只能征服英语,或被英语征服。你看到一些作家吃力地吐出英语,你忽然感激自己读书的老牌圣公会中学,每天必上的英语课,在二十年后,让你在他城少吃了一些苦头。是的,你明白,语言与殖民历史密不可分,帝国与国际血脉相连。我看着菲律宾作家、印度作家以英语书写,你知道自身殖民历史的特殊,母语的舌头不曾断裂,并且比中原官方语更悠长久远。你设法明白,但终究难以理解;你以英语叙说着自身城市的故事,从小渔村到国际都会,你边说边自我质疑,沟通的时候是否也在制造误解。语言像个大牢房,各种隐喻运行其中。

或者,唯一共通的语言是文学,你如此理解理想国。三个月来,文学活动是颇频繁的,一般来说,每个作家基本上都要有三场演讲,一场在爱荷华的公共图书馆,文学讲题不一,有谈写作与阅读、写作与流徙等。另一场是"今日国际文学"(International Literature Today),给大学的文学生上的课程,每个作家说说自己的文化环境与个人写作,然后是答问环节,学生上课前需阅读相关作家的作品,预先设下问题。问题不一定都有答案,但问问题本身即是一种学习。另外则是朗读作品,地点在"国际写作计划"的办公室 Shambaugh House 或一间叫 Prairie Lights 的书店中。跟文学课相反,这里不设问题,把文学还原为纯粹的朗读,诗歌也好,小说也好。各人英语语音有别,加上自己英语听力有限,有时跟不上来,如堕云雾之中,但有人不过希冀听听别家语言的声音,不明白不打紧,纯粹的音节有时也有魔力。爱荷华城有不少电台,有些是学生自办的,图书馆讲座和书店的作品朗读,都会在当地做电台广播;我想到我城,何时才有一个像样的文化电台。其余还有大小不一、未能详列的文学活动,如翻译工作坊、电影放映、戏剧表演等。不同作家或会再受到不同单位邀请,以上的"基本三部曲"外,我还给这里的高中生、爱荷华大学的中文部谈文学,并到芝加哥进行文学交流。驻校计划以外,也有出城交流的时候,我跟俄国、保加利亚、埃及、澳洲、印尼共六位作家,共赴伊云斯顿西北大学参加该校首届"国际写作日",到芝加哥与当地作家对话,并在有名的肖邦剧院朗读作品。

如此这般,我想到应该也思考一下"Writers as Speakers"这个题目,如果作家的己任本是默默写作,也许,在"表演型社会"的要求下,作家都要自我装备,从桌子走到台上,不一定雄辩滔滔、能言善辩,却起码有临危不乱、面对听众不会面红的本领。在一场演讲中,我以罗兰·巴特的话自嘲:"Who speaks is not who writes, and who writes is not who is."大家都笑了,起码明白我说什么。其实也不仅是说笑,深究下去也与作家的身份角色有关。我刚刚读完的一本小说——南非作家 J. M. Coetzee 的 *Elizabeth Costello*,就是以一位澳洲女小说家(与小说同名)周游列国的一场场演讲为故事结构的。

在大学城中,只要你说到"IWP"三个英文字,人们都知道你是来交流的作家。当然,作家的身份其实也只是一种识辨,有时我在大学里闲逛着,也想象或希望人们想象我是这里的一名亚洲学生。怎可能不想象呢? 美丽如斯的校园,空间设施如此充足,学生在休息室中可以在沙发上横卧打盹儿,空间的窒息感不是这里所明白的。深夜十二时有人还在跑步、踏单车,看到你会跟你打招呼;图书馆开到深夜两点,简直是我这夜猫一族的天堂。蓝天白云,永远响着蝉鸣,碎步踩着落叶你可以听到脆裂。秋收时分,红叶烧个漫天荒野,"红叶斜落我心寂寞时"再不只是一句歌词。只是,面孔骗得了人(买酒要看我 ID,真是逗我开心),心灵却是随岁月积上了灰尘。你看到年轻学生在草地上掷飞碟,呀,飞碟这东西,年轻得跟你恍如隔世。岁月不能回卷,做不成学生,当个游客倒是没年龄限制的。我们到体育馆看西部牛仔表演,到 Kolona 看与文明隔绝开来、坚执地过着简朴而虔诚生活的 Amish 族群,到密西西比河山脉看印第安人留下的 Effigy Mounds,到伊利诺伊州的 Galena 酒店"退修"。没料到一个多月来,在爱荷华竟然看到 Queen Latifah、Suzanne Vega、Bob Dylan 的演出。是的,波兰裔英国思想家鲍曼(Zygmunt Bauman)告诉我们,游客是现代的朝圣者。作家、朝圣者、游客、浪游者、演说者、欣赏者、遁世者、伪学生、中国内地人与香港人，一个人本来就是不同身份的转换与集成。

来到爱荷华不久，经常被问及的一个问题是：你喜欢爱荷华吗？觉得她怎样？当然喜欢啦，倒不是学了美国人凡事都 fine、wonderful 的口吻，而是，岂能不喜欢呢，这样一个标致的童话世界。人是年轻的，美丽的，纯良的，开明的，未经风霜的；最能捉紧大众神经的是美式足球。罪恶是看不到的，乞丐几乎没有。汽车让路，涂鸦不见。天空如此澄蓝，空气如此清爽，让你忽然想到，如果世间真有造物主，他许是患了偏爱症的。这里的屋子，几乎全都是三角尖顶，顶上有烟囱，门前有一道楼梯、草地，有的还吊着秋千架；有次跟马耳他、匈牙利作家谈起，我们都说，小时候在纸上画的屋子，就是这般形状了。好笑在我们各自的家乡根本没有这种屋子，怎么会这样画，天晓得，也许如果柏拉图是对的，这便是屋子的理型（Idea）吧。理型的世界不就是童话吗？但一尘不染的童话到底太轻了，我不确定写作是否需要多一点的龌龊、肮脏，以及晦暗（尽管晦暗在心，不在外边）。只是看真，如果你真是看真，寂寞的老人、褴褛的流浪汉、通缉犯的告示，通通还是有的。如此，童话世界又添上一点真实，尽管这样说也是有问题的，因为，这座一千九百亩的大学城，本来就是真真实实地存在的，于美国中西部的一隅。

二○○七年十一月

平安夜，静默夜，一个旅人

天空已经开始下雪了，天气骤冷，气温的转变召回一点存在的实感，其实我只是需要一点异常的感觉，尽管异常不用多久将变为正常。雪下了一天一地，好像从此不会散了。我想象自己在北极，你在赤道，这样反而我与你有了亲密。我在北极回望你。是的，你生于盛夏，我生于严冬，盛夏不知何故跟严冬遇上了。遇上了，又解散了。因为有了距离，我遥想你在地球的另一边思念我。

已经五十七小时没说过一句话了。其实我没有计算，五十七小时只是一个虚数，但它又非常准确地，作为一个符号，告诉你，我已经几天几夜没有说话了。作为一个状态，我被动也执拗地推延这种状态，让五十七小时冷藏，冰封着我的嘴巴。如果有侍应前来搭讪，我不会理睬他，虽然我是一个君子。如果有女子前来勾搭，我不会理睬她，虽然我是一个男子。如果有小孩前来耍玩，我不会跟他做鬼脸，虽然我偶尔喜欢孩子。但我更爱自己。我想把自己变成一尊石像，我就是我自己的雕刻刀。

其实我只是觉得累，连说话的力气也没有。刚才点菜时，我在餐牌上用手指点上一项(我忽然觉得自己真在"点菜")，生活的微小事情，原来很多时不用劳烦嘴巴，是以哑巴也可以好好生存。

> 我说的，我未必一定相信
>
> 我相信的，我未必说得出
>
> 承认虚假，并不就是真诚
>
> 我沉迷于触及灵魂的力量
>
> 但对于灵魂之有与无，我全然不知
>
> 是以到后来，就只有沉默了

由很想说话到无话可说，那是一条怎样的路。

说得太言重了。其实不过是环境影响了心情。纽约的冬天，日头在下午五时便转黑了。何况还有白雪。呼出一口气，随即变成雾气，这样也好，让你确知自己气息尚存。

说得太虚无了。其实不过是游戏。浪游者忽发奇想，在城市游走，一个人可以不发声多久？不如亲身实验一下。城市充满目眩的符号，眼睛经常是超载的，耳朵没有开关(你总不能一直掩耳)，鼻子没有瓶盖(你总不能一直闭气)，独是嘴巴，可以按意识开合,不说话的时候,声带就不用摩擦了。五官之中,我们尚且还可主宰嘴巴。请别笑我太苦闷、无聊,你应该知道,Ennui、Boredom、Idleness,是浪游者的存在暗语。

纽约地铁跟香港地铁其中一个截然不同的景象,是车厢中没有人讲手提电话。因为根本不能通话,流动电话在地铁系统没有接通,这成了地铁与私家车的一个文化分别。在香港,一个地铁车厢,却是同时间很多人在"讲手机",总像有无尽的话要分秒必争地说(黎明的手机广告歌:"我有说话未曾讲,你这刹那在何方?")。手机响起,同时间几个人在摸索袋子。一千分钟、无尽通话,说话变得非常廉价。

刻意静默,若不成一个人的行为艺术,也可是喧嚣城市生活的一种修行吧。

我以静默来度过平安夜,非常应节——名副其实的"Silent Night"。

说得太高深了。其实不过是咽喉发炎,失声了。

一不留神,五十七小时静默却被一名过路客打破了。

"How do you do?"

"Fine."

("当我沉默着的时候,我觉得充实;我将开口,同时感到空虚。")

"Merry Christmas."

151

"Merry Christmas."

("欲说还休，欲说还休，却道天凉好个秋。")

二〇〇七年十二月

"暴风雪"的一天,在华尔街

　　我不是幸灾乐祸的人,但二〇〇八年一月二十二日,美国金融市场在马丁·路德金全国纪念日休市的翌日,我还是拿起相机,跑到华尔街"写生"。我不大理解全球股市"多米诺骨牌效应"或者"蝴蝶效应",怎么这边一个喷嚏那边一场感冒;我只是因着数字的暴跌足以造成全球恐慌卷起一场暴风雪,而越发对这个世界感到有趣与不解。

　　我不谙金融分析,我只是来感受气氛——难得身在纽约。现场所见,气氛的确是有点乌云盖顶,纽约证券交易所门外多了点铁马与警卫,传媒专车停泊在联邦国家纪念馆门外,雄伟的华盛顿雕像在希腊神殿的阶梯上一动不动地看着传媒直击(也许"看不下去")。有上班族在路边呷着咖啡、抽着香烟,眉头皱着——但也可能不过是我过分敏感,毕竟,精神绷紧,本就是这地方的常态。倒有人像我一样"无聊"。有游客拿起手机把自己拍进这奇

153

异氛围，更有趣的是遇到一个画画的老伯，跟我同时看着在汽车大灯下的一位女新闻报道员，不过是，我在拍照，他在素描，彼此也闲谈起来；老伯是老纽约客了，名字好像叫 Hank（他告诉我了，我后悔当时没写下来），他把画作给我看，后来又说不远处有人在等着这些画作，说不定他正为某传媒机构卖力？

圣诞节离去不远，被遗弃的圣诞树排成一街，倒在伤痕累累的摩根大楼门外（一九二〇年的爆炸痕迹仍现于大理石的外墙上）。意外永远在路边。看着金钱街上的电视荧幕，却赫然读到《断背山》男主角 Heath Ledger 于曼克顿 SoHo 寓所身亡——这可是"非常滚烫"连报纸还来不及刊登的快讯。

纽约冬天，下午五时已开始入黑了（不明他们怎么要把冬季时间拨早一个小时）。就这样，日头旋即躲开，入夜中 Trump Building 门外蒸气腾腾，令人错以为有什么东西被烧焦了。倒是突然出现一个赤身女子叫大家精神为之一振，零下几度，她热乎乎地派发宣传素食主义的传单。素食好呀，我只怕她寒风入骨，快要变成一条冰棒了。这个世界，真是无奇不有。

二〇〇八年三月

流浪的意义,及其不可能

去哪里我都无所谓,只要是一座城市就可以了。我知道这个世界有草原、有沙漠、有高原、有戈壁,但这些地方于我有敬畏,城市于我比较亲近。

我喜欢城市的密度(如果不是过分挤迫),我喜欢城市的灯光(如果不是过分刺眼),我喜欢下楼不远处有咖啡店等着我,其实它不等着任何人,我只是需要一点生命的兴奋剂,良性而不过分摧残身体。晚上肚子饿的时候,可以跑到一间便利店,吃热气蒸腾的小食也是一种幸福,虽然便利店并无记忆,但无记忆也是一种轻省,有时我需要。晚上心血来潮可以突然看一个演出,那夜应该就会感到一点饱暖(如果演出不是太糟的话)。

有街道溜达的地方我就可以留下,我并不需要一个恒久的据点叫家乡。

"离开这里,就是我的意思。"卡夫卡说。我已忘记卡夫卡在哪里说过这话,可能在他的日记,而我在日记中也记下这话。他最终有没有出走,我不知道。城堡是虚拟的,来了的人遗失了身份,它成了一座监狱。

最年老的一个出走作家,可能是托尔斯泰。他已经厌倦其妻太久了吧。但出走十天,就感染肺炎,一命呜呼,真的是"大出走"了。

而我,已过了背包族浪迹天涯的年纪。青年旅舍应该是住不下去了。但那又有什么关系呢? 我不浪迹,或者我在逃遁。我不逃遁,或者我在寻索。都很相似。

寻索一个理想地叫天路历程。因穷困而四处漂泊叫三毛流浪记。现代吉卜赛有一个艺术的名字叫波希米亚。流放从此无可折返的叫放逐。受压迫出走的叫流亡。也有自我归隐一心想做隐士的。桃花源也是一片流刑地。不要问我从哪里来,有时我情愿忘记。旅人选择把生活暂时寄托于他方,何处是他方,其实都是可以的。哪里有距离,哪里就有异乡人。

连名字我都记不起来,一切被掏空,反而可以转换身份。可惜在过海关时我必然以真实名字示人。其余很多地方,虚构一个就可以。A城的彼得是B城的游忽是C城的莫梭,但他们每一个又是不一样的。可惜我仍然携着我的性别行走,如果可以放下哪怕是一会儿,自由也许会走近我多一点。其实除了性别,我始终还携手阶级、肤色、口音、习惯上路,许多东西挥不去的。应该把萨特金句"存在先于本质"倒转过来,是"本质先于存在"才对,一个在流动中的旅者分外自觉。

"流浪者的双足宛如鲜花,他的灵魂成长,终得正果,浪迹天涯的疲惫洗去他的罪恶,那么,流浪去吧!"《婆罗门书》说。但我喜欢的作家加缪也说过:"面对虚无,求助于享乐与不断旅行,那是将历史的心灵变成地理了。"我想,它/他们都是对的。王尔德这精辟警语并非诡辩:"A truth in art is that whose contradiction is also true."("艺术中一个真理是,其矛盾相反也是对的。"——读自苏珊·桑塔格的 *At the Same Time* 一书)

我在感受并设法领悟流浪的意义,以及流浪之不可能。三毛那种浪漫主义式的撒哈拉故事,也许太异国风情了。游牧者(Nomad)也许更接近当下社会的时代精神,法国思想家德勒兹说:"游牧者并不离开,也不想离开,他执着于那片森林退缩后的平滑空间,那里有草原或沙漠在进占,他发明了游牧主义,作为这个挑战的回应。"不断盘桓,其实什么地方都去不了,那不就是王家卫《阿飞正传》的"无脚鸟"吗? 应该也记取比《阿飞正传》早一个年头,谭家明的《烈火青春》,电影的英文名字,就叫 *Nomad*。是的,记得谭家明曾说,拍这电影时就在看哲学家尼采的书;在尼采笔下,查拉图斯特拉是一个众人皆醉我独醒的倨傲先知,流浪于大地、不为人所了解、走在时代之前,他本身便是一个漫游者,携同着自己的影子走路。而电影中,四个年轻人虽也是精神的无家可归者，但他们不以先知自居，也没这份自觉，他们不过是蓝色的郁金香，开出大片大片的忧郁，以及无法摆脱的虚无、颓废、疏离，散发自生命的本能，一种叫作青春的力量，却又近乎苍白。

返回原地，其实我不曾离开又无可折返的地方，叫原初。

某年某月某日，我在某城的某间咖啡馆，写下了这一阕，不可能的"流浪者之歌"。

二〇一一年十月

十年，时间将东西变成隐喻

记忆随时间挥发，也有一些沉淀下来，处于休眠状态，等待时机被召唤，或无意中偶被触媒掀动。像早前读到瑞蒙·卡佛（Raymond Carver）在《巴黎评论》的一篇旧访谈，访谈中他提到一九七三年在爱荷华大学写作班教书的日子，住在一个叫"爱荷华之家"（Iowa House Hotel）的旅馆，除了上课就是终日喝酒。细节在此不赘，想说的是，读时一个纸上出现的地方名字，霍然将我短暂地拐回过去：这间旅馆我也曾待过（跟瑞蒙一样也是住在二楼），实实在在的，尽管只有两个多月的日子。

回述往事有很多切入口，既有以上轶事，不如就从"爱荷华之家"说起。抵埗这旅馆在十年前的八月二十五日，下午一时左右。当时旅馆"静嘤嘤"，在里头工作的 Mary Nazareth（我们这班作家的"Mom"）告诉我，参加"国际写作计划"的作家中，我是第一个抵达的。这年因为取得一个艺术基金支持，我在美国生活一年，来爱荷华前我已在纽约住了两个多月,所以跟其他 IWP 作家大多从各自家乡飞来不同,我乘美国内陆机抵达,相对短途,"第一"由此而来。我被分配进 233 号房间(直觉我喜欢这数字),打开窗户对着一面墙,有些作家希望从窗户能看到风景,我无所谓,墙有墙的好。

在爱荷华之家稍安顿下来,即拨电话给聂华苓老师报平安。下午六时,华苓老师驾车来旅馆,随行还有她的外孙 Christopher,去了一家日本餐馆吃饭,经营的是韩国人,我们点了两客豆腐,每人一客三文鱼饭。饭后跟华苓老师来到她山边鹿园的红楼。来爱荷华前我在曼哈顿到世界书局找华苓老师的书,买了《三生三世》,也读到"红楼即景"一章。亲临其地当细细感受,一边一起等待从台湾来的骆以军;华苓老师十分紧张,她说他糊里糊涂的,不知他来不来得了。后来终于联络上,由一位吕先生从爱荷华 Cedar Rapids 机场接来,也不知骆以军中途经过多少千山万水。总之,平安抵达便开怀,华苓老师怕他肚子饿,当即煮了一碗河粉给他饱肚。离开华苓老师家时,已是晚上十一时多。回到爱荷华之家,骆以军住在我对面房间,是日,一个最早,一个最晚,就此开展我们的相识。

回想起来,鹿园红楼、爱荷华之家,构成了我在爱荷华日子其中两道生活轨迹。在我来的时候,前者聚集也由此辐射开去的,主要是华人离散群,其中有不少卧虎藏龙。譬如,以上提到把骆以军接来的吕先生，是上世纪八十年代一早将昆德拉小说翻译成中文的吕嘉行，其妻谭嘉曾担任《今天》杂志社社长多年。来自菲律宾的林启祥教授，是脑神经专家，也是一流书法家。科学家徐祈莲对古典文学甚有心得。上海作家唐颖当年带儿子来爱荷华求学，说不定在这里也定居了。又适逢我来的一年是 IWP 四十周年，十月份四位跟爱荷华有渊源的华文作家：痖弦、郑愁予、李锐、西川，为庆祝特意回来一星期，其中一场讲座，就叫"Scattered Seeds：Writers from China and the Chinese Diaspora"。这段日子，我此文学后辈在红楼中看着文学高人杯觥交错，几许风雨尽付笑谈间。酒杯铿锵碰撞，我置身其中，又像观看着一部电影。

另一道轨迹则从爱荷华之家延展开去。

IWP 自一九六七年成立，早年作家驻校的日子比较长（当然人数不多），后来逐渐缩短（由最初的一年减至八个月再至后来近三个月），早年的作家住在离红楼不远的五月花公寓，华文作家占多，到我来的时候，每年的 IWP 已俨如一个临时的"文学联合国"，三十多个作家来自世界各地，真真正正的国际化，下榻之地亦移师至大学旅馆。爱荷华之家，当时对我意味着一个"国际文学场"，由此发散开去，作家轨迹遍及大学城中的酒吧、咖啡店、杂货店、书店以至教堂等。在"红楼"与"爱荷华之家"两个轨迹间穿梭，偶有拉扯，我生性怕人，但这段日子，也希冀多认识别人的文化和故事,算是我少有"外向"的时候。尽管如此,很多时候我也会躲起来,有时独自去咖啡店,或在校园内溜达,或在旅馆房间中闭关,或凌晨时分溜到大学图书馆中写作(图书馆开至凌晨二时,很适合我这夜猫子作息)。或者这三段轨迹也象征着三个世界:一个高度浓缩着由苦难过渡到平和年代的中国历史,一个象征着文化外交与国际文学的交接场域,一个意味着每个作家的"必要的孤独",内在自我倾听的世界。

现在回想,不知同年去爱荷华的骆以军是否记得这一幕:来自阿根廷的作家 Elena 一次跟我们说,她丈夫(在当时的)十年前参加过 IWP,当年认识了台湾来的张大春,但十年没联络了。当时说起来,谈兴之所至,也许亦寄托骆以军担当桥梁之意,大家当下都以为成事不难。谁知眨眼另一个十年隔间,已横亘在我们与 Elena 之间。以为一定会彼此再见的,甚至说好之后到布宜诺斯艾利斯就住在她家。说时是有心的,但十年这个跟香港遥遥相隔之地,始终还未踏足。

于是记起更多说时不无真心,但后来一一落空的诺言。如当年来自中国台湾的骆以军、中国香港的我、韩国的罗喜德、缅甸的 Khet Mar 说好翌年便要聚首,以为大家既是"亚洲四小龙",重聚应不至太难(不久,缅甸作家申请政治庇护移居美国首都华盛顿)。众多作家之间,起初仍互通音讯,后来音讯逐渐稀疏。这是人之常情。也曾收到不好消息,十年间有作家离世了,有作家离婚了（包括以上提到的 Elena），有作家病重了，有作家父亲（本为莎士比亚学者）离世了，等等。当然也有当年尚是单身的作家结婚或生儿育女了。这也是生命的平常。比较特别的是中国香港始终是一个枢纽，当年 IWP 作家曾有几位到访香港，二○○八年匈牙利作家 István Geher 到来，我曾带他到沙田万佛寺，二○一四年 Khet Mar 到来，我曾带她到兰桂坊。但我料想丝丝联系，将是最后的余波了。

由是记起，是在爱荷华大学中读到 Robert Smithson 这动人句子："Time turns metaphors into things." 如今我明白，原来这句话也可倒转过来："时间将东西变成隐喻。"爱荷华州很大，其实我去过的，只是位于东部、面积约一千九百亩的爱荷华城。爱荷华州以畜牧业见称，爱荷华大学城以文学闻名。听说爱荷华春夏秋冬各有风情，而我看过的只是夏秋交替的时刻，有幸目睹她最美的秋色。没有人可以踏足一条河两次，爱荷华于我亦然（若有天重来，已非你，已非那个尚年轻的我）。这个地方我真实待过，但回想起来总带点梦的色彩，加以岁月距离这块滤镜，越发变得朦胧。"爱荷华之家"曾经是我真实待过的地方，经历时间，却有点符号化，渐次成为人生一则隐喻。如果你问那隐喻包含什么，我会说：一段生命中的突异时刻，像一个"例外状态"的括号；一道由文学与城市交碰、晕染身上的"爱荷花的光华"；一段人生插曲，但让我作出重大文学选择的拐折点，以及，当下来说，一个偶然但细感起来不无惊心动魄的数字:十年。

二〇一七年九月三十日

影像　光与影的袂离

影像艺术沉思录

1

我好欣赏你。但我未必爱你。

任谁都知，欣赏，不等于爱。像奥逊·威尔斯（Orson Welles）。像尚-卢·高达（Jean-Luc Godard）。威尔斯《大国民》（*Citizen Kane*）的镜头运用如此出神入化，甚至有人考究即使以今时今日的科技，也未必拍得出某些《大国民》超难度镜头，有点像考究金字塔的建成似的。我也曾为之惊叹。高达，没得说了，肯定是法国新浪潮最重要的闯将，对电影语言的革新无人能及，跳接，离题，手摇镜头，即兴随意，疏离效果，不和谐的艺术，大量运用典故，将场面调度与蒙太奇结合……一个永远的"可怕的孩子"（*enfant terrible*），让世人知道，电影，原来可以这样。布纽尔说过：

"除了高达，我丝毫看不出'新浪潮'有什么新东西。"布纽尔也委实过于尖刻了，但高达之凌厉，你如何能够否定？

又像迪加·维托夫（Dziga Vertov），他的《持摄影机的人》（*Man with a Movie Camera*），放在电影史上堪称最前卫的实验，难得是有自己一套理念，宣扬"电影眼"（Kino-Eye）重于肉眼，不是所有艺术家都是理论家（如塞尚是，凡·高不是），高达是，维托夫是，因此看他们的电影，就有电影以外另一重知性的冲击。

你们都是我高度欣赏的导演。但并非爱。如果是画，我想到毕加索。

2

我好爱你。但我未必明白你。

爱里不可以没有欣赏，但不止于欣赏，还有一种可遇不可求的化学作用，近乎神秘主义式的，触动。我肯定欣赏高达多于阿伦·雷奈（Alain Resnais），然安娜·卡莲娜（Anna Karina）那副面孔对我的打动，还是不及《去年在马伦巴》来得深。我甚至不完全明白《去年在马伦巴》，我只是被导演的沉溺所感动，一部谜样的电影最大的震撼在于谜，而谜是不用破解的，如人生。在这里，理解已非至高无上，有些东西比理解、诠释高，那可能单单是一份痴情。一名陌生男子反复向一名女子诉说：我们去年曾在此相遇。

女子由最初不相信,终至动摇,最后更丢下自己的男人,跟那名陌生男子离去。故事就是这么简单,如果真有所谓故事的话。雷奈以在银幕上前所未见的手法呈现这段韵事。电影仿佛有着两层结构,一层是陌生男子夹杂内心独白和对话的叙事,一层是银幕上所见的不相干人物穿穿插插的活动;声音与影像一直保持张力矛盾,影像活动不是呈现故事而更可能是骚扰视线,仿佛将恋人的内心世界无限扩大,周围掩映眼前的景物变得毫无相干或可被主观意识瞬间停住,整间欧洲巴洛克式酒店有很多人但又好像只有两个人。所谓内心的放大,莫过于此。

因为这份痴情,我记得。我也记得,我也曾经将周遭世界忘记了,只知眼前人。人以影像呈现痴情。在这里,重要的不是信息,并非所有事物都以理解为依归,看得懂看不懂也非艺术的唯一判准,到最后,可以只是沉淀成一种情绪。不是言说,而更近乎音乐。若干年后,有王家卫的《东邪西毒》,很多人说看不懂,这于我是次要问题,重要的是你是否可以浸染于一种情绪之中。恋人絮语,不以信息衡量,而是深情。

如果是画,我想到凡·高。如果是文学,我想到鲁迅的《野草》。

3

我对你极有兴趣，但我不特别欣赏你，更谈不上爱。

作为一个文化评论人，意味着你不仅对你喜欢的东西感兴趣。有些东西的趣味不来于其自身，而来自其与社会文化的关系，简单点说，就是文化性多于艺术性。像《蜘蛛侠》、《蝙蝠侠》、《盗墓者罗拉》、《哈利波特》、*Matrix* 系列、史泰龙、阿诺德·施瓦辛格、港产赌片、《精装追女仔》、《江湖》、《受难曲》……（但必须声明，很多作品是审美与文化旨趣兼有的，不能"一刀切"），要列举的话，这将是一张长长的清单。有时甚至包括你必须吸入不少文化垃圾，浪费好些青春，以及时间。但这是一种 Necessary Wastage（必要的浪费）。

但请勿误会，我没有不满。牛不饮水怎按得牛头低。这些东西不会令人 High，不会令你激赏，不会令人流泪，不会搓揉你的心，不会像忘我、LSD、摇头丸。但会给你一种文化乐趣，从大量文本中，你开始觉得自己掌握了一点把脉功夫——替社会文化把脉，将文本置于文化语境之中，作出分析、比较或批判。在这里，派上用场的更多是意识形态阅读、文化研究理论，多于艺术理论。

4.STUDIUM 和 PUNCTUM

由是想起罗兰·巴特(Roland Barthes)的摄影论,他在《明室》中提出 STUDIUM(认知点)和 PUNCTUM(刺点)。STUDIUM 是照片希望你看到的,传递的是文化编码的信息,在巴特看来,是"某种一般的精神投入,当然有热情,但不特别剧烈"。巴特说:"我对很多照片感兴趣就是基于 STUDIUM,我接受这类照片,或者把它们当作政治上的佐证,或者当作可供欣赏的优秀历史图片:因为,我正是从文化(STUDIUM 一词也有这层含义)的角度来欣赏这些形象,这些面孔,这些姿态,这些背景和这些动作的。"而 PUNCTUM 一词有刺伤、小孔、小斑点、小伤口的意思,还有被针扎了一下的意思。"照片上的 PUNCTUM 是一种偶然的东西,正是这种偶然的东西刺痛了我(也伤害了我,使我痛苦)。"

这种摄影上的两个主旋律也存在于影像之中(两者也常合奏而不一定单独存在)。巴特的 STUDIUM 和 PUNCTUM 当然有别的含义,如 PUNCTUM 往往是局部的,不理会创作者对观看者的焦点锁定意图,STUDIUM 是文化性的,PUNCTUM 是自我性的,是丘比特的金箭或黑箭,它可以没有公众认受性,只要单单你一人被刺伤便可,无须向作者或更广阔的文化找基础。而刺伤之物,必然与爱相关。这于我来说,包括以上提到的《去年在马伦巴》

《东邪西毒》《野草》，凡·高的画如他死前两天画的《乌鸦的麦田》，葡萄牙诗人 Fernando Pessoa 的《惶然录》，黄碧云的小说等。PUNCTUM 与所谓高档与低俗文化没必然关系，正如我会叫闷于蔡明亮的《不散》而竟被《下一站，天后》里阿 Sa 幕后代唱那幕感动得眼泛泪光。对于这些作品，由于是一种个人的 PUNCTUM，我更愿意把这些刺点私有化，当成诗，甚至有点拒绝以逻各斯（Log-os）语言来评论它们。

电影的 PUNCTUM 甚至可以不是影像。它可以是一句话。如《祖与占》里的："假如你爱我，请不要认为我会是个大障碍。"同样是《祖与占》里末段的墓志铭碑文："他们无法留下身后的一切。"《芳芳》里柏拉图式爱人的"我知道，芳芳，爱难免会变质"。《教父 III》里的"Every family has bad memories"，《断了气》里引小说家福克纳《野棕榈》的问题："在忧伤与虚无之间，你选择何者？"

PUNCTUM 是自我建构的文学后花园，是银行里的私人保险箱，是"偏见"或者过度诠释；而 STUDIUM，是文化性的，是公众性的，是公诸同好的，是属于共同的文化语码的。

5.存在的勘探者

少年时进入艺术之门，始于对存在的叩问。打开的作品有

《异乡人》《呕吐》《先知》《天路历程》等,可见是在有与无(神)之间,寻觅,思索。稍大知道有一部电影《第七封印》,导演英玛·褒曼说:"那个时候我仍然深为宗教问题所苦,夹在两种想法(童稚的虔诚与严苛的理性)当中,进退不得。"像与少年之我打了个照面。我喜欢看艺术家拖着童年的烙印走过来,三十五天的拍摄其实是三十八年的岁月,漫长的累积又碰着电光火石的冲动,那场黑云下的死亡之舞就是一场即兴之作,可能是镜头上最惊悸奇诡的舞。上帝在电影中没有现身,骑士令人想到高贵血统的褒曼自身,死神面目不狰狞而是黑斗篷白面具(与黑白棋盘相映成趣),临末方才揭晓,关于上帝存在与否,连死神也不知道。《圣经》里第七封印揭开,连场灾难降临。电影背景也是在瘟疫与战乱蔓生之时,民众四处流徙,某种程度上,人生不也是一场瘟疫之旅?褒曼令我想到尼采,父亲都是牧师,都在严苛的宗教家庭长大,但最后都背弃了神,也因此必然背弃了家,只是一个仰头追寻超人,一个低头回到俗世。完结了天问,褒曼说:"我与整个宗教上层建筑一刀两断了。上帝不见了,我同地球上的所有人一样,成了茫茫苍穹下独立的一个人。"他的电影也走了这一条路,之后的《野草莓》《沉默》等,回到人与人的关系和内心之中。

香港国际电影节二○○四年举办"影评人心水选"电影放映会,我回复了三个选择:《去年在马伦巴》《第七封印》《教父 II》。电影节选映了《第七封印》。上段是我给电影节刊物撰写的文字

（原文太长给删减了）。

　　这的确要归于原初。这不是说我小时候已看过《第七封印》，相反，与之相交，简直可说是相逢恨晚。但一部作品与自身的关系，其实不始于最初观影的时刻，它是在更早成形的价值体系之中，也就是说，它与我十多岁接触的基督教、阅读过的欧洲存在主义文学全然相关，是最原初的"存在的疑问"的脉络延伸。长大以后看到的《第七封印》、奇斯洛夫斯基的《十诫》等，虽与小说属于不同艺术形式，但其实也是同根而生，一种小时候种下的存在情结的挥之不散。于此意义上说，艺术就是一种寻根。"上帝存在吗？""死亡的本相何为？""人从何处来？""人往何处去？"这些最原初的问题，出于稚子之心，当人年长了，由于生活的磨钝与俗世的烦琐，这些提问往往被搁于一旁，落入"存在的被遗忘"之境地，或者以成年人功利主义的方式处理："既然没有答案，想来干啥？"忘了提问本身就是一种离开陷落的存在意识。

　　可幸有艺术。艺术在你生命中挑起这原初的觉醒。如王尔德在 The Decay of Lying 所说："It is through art, and through art only, that we can shield ourselves from the sordid perils of actual experience."米兰·昆德拉说："小说家既不是历史学家，也不是预言家，他是存在的勘探者。"（我多么欣赏也爱其《生命中不能承受的轻》，再看刘小枫的《沉重的肉身》就是一种由作品延伸至知性评论的双重阅读喜悦）。电影最初于十九世纪末诞生，可能并无意担起"存在的勘探者"的角色,卢米埃兄弟以电影做社会记录,梅里耶以电影做魔术师。但后来者以电影担负起"存在的勘探者",英玛·褒曼是这方面的先行者。电影镜头上移向一个看不到的形而上世界。

文学 vs 哲学是一个古老命题(或者远自柏拉图将诗人赶出理想国?);直至当代的卡尔维诺在《哲学与文学》一文也提道:"哲学和文学是互斗的对手。"昆德拉说:"事实上对我来说,现代的奠基人不仅有笛卡儿,还有塞万提斯。"这就是他在《小说的艺术》中开宗明义说的"被诋毁的塞万提斯的遗产"(昆德拉指的是欧洲小说)。文学与哲学是否必然是宿敌?又或者它们各自以不同的方式进行存在的勘探。但的确,对存在的勘探,不是哲学的专利;我从卡夫卡、萨特、加缪、陀思妥耶夫斯基、昆德拉等,所曾摄得的亮光必不比哲学家如康德、海德格少,这完全与两者高低无关,只因为自己的性情更近于文学多一点。而电影,相对文学和哲学来说其生命还处于婴孩期,亦向文学靠近而参与了这个古老命题的延续,以至于在我人生叩问存在的过程中,文学以外逐渐加入了电影行列,如英玛·褒曼、塔可夫斯基、奇斯洛夫斯基。

但或许归根究底我是一个文字人多于一个影像人,而文学接触亦早于电影接触,文学小说在我心中的地位,始终高于电影。当然,这也许有一定历史性,文学这么多年来作为"存在的勘探者"所累积的,实在看不到电影可以如何超越。这话也许有欠客观,这纯粹是个人的一种价值观。奇斯洛夫斯基曾被问及哪些导演对他影响最大,他经常回答说是莎士比亚、陀思妥耶夫斯基和卡夫卡,问者奇怪:这些人不是导演呀。但他说:"他们是作家。但这似乎比电影更重要。"关于抓住内心深处这一目标,奇氏也较重文学:"文学可以达到这个目标,电影却不行,因为它没有这些手段。它不够灵活,因此也就不够模棱两可。与此同时,由于它太清晰反倒又显得太模糊了。"

6.创作与评论/作家与导演

高达在《爱之颂》中也给了这个答案。电影开首有这段对白:

假如他们问你:你可从电影、舞台、小说或歌剧中做选择,你会选什么?
我想小说。

我想小说。(高达式离题)但吊诡的是高达拍的是电影,而戏中男子在寻寻觅觅而终究拍不成他的电影。与才华无关与决心无关,男子想拍的是爱的成长的不同阶段,而他发觉,Adulthood已经不复存在,换句话说,由幼嫩一下子跳到衰老。历史如是,爱如是。这多么令人动容,又黯然神伤。电影原法文片名是 *Eloge de l'Amour*，译作英文应是 *Eulogy for Love*，是对爱之追悼多于颂赞。现在的英文片名 *In Praise of Love* 和随之而来的中文名称，都把这份沉郁抹去了。影评人有时就是爱找碴儿，小眉小眼只要触动神经便不放过。我想，到底有多少电影出于翻译问题而造成接收上的偏差？有多少偏差又是为我们所知？

我想小说。（返回正题）导演被提升至作家或小说家地位，当然要多得作者论。有了作者论，才有所谓作者导演（Auteur）的说法。具作者风范的导演，以贯彻的视野、母题、风格等，在作品中加入自己的签名样式。作家与导演，自法国新浪潮起，来了一次会聚。

这是法国电影"笔记派"的一项重要贡献（当然他们并非最先行者，而后来也多得 Andrew Sarris 将其在美国发扬光大）。他们不单将作家与导演拉近一起，还打破了评论与创作的樊篱。众所周知，高达、杜鲁福等人，最初都是影评人出身的，后来才从事电影创作，而在创作与评论中游走得最自如的，首推高达。这一帮法国新浪潮导演视电影如生命（或者比生命更大），除了杜鲁福比较早逝，个个都活到老拍到老，好像要至死方休。这份创作热情真叫人肃然起敬。

评论人之于艺术家，曾经是次等的。安徒生童话中有一个故事，以玫瑰比喻作家，蜗牛比喻评论人，前者芬芳吐艳，后者窝于壳中。祁克果的 *Either/Or* 里开首以一个诗人开始，他问："什么是诗人?"答案:"An unhappy man who hides deep anguish in his heart, but whose lips are so formed that when the sigh and cry pass through them, it sounds like lovely music."而评论人呢? ——"Of course, a critic resembles a poet to a hair, except that he has no anguish in his heart, no music in his lip."

艺术是热情的,评论是冷静的,这种定见,今时今日仍然存在。我不能说它错,一些评论人的确是嗡嗡叫的蜜蜂而缺乏热情。作为一个写小说(我视为艺术创作)和文化评论人,我也曾思考这种对立,尤其在最初探索自己写作的路时,一些前辈包括非常有识之士,竟也跟我说出类近的道理,即或不将评论人与小说作家排个高下,也指出,创作与评论,是两种思维,大有此消彼长之意味。一般而言,我相信这是有道理的。

但道理不是金科玉律。创作与评论之屏障,说有则有,说无则无,因为更多是心之障,有心超越,当可做到出入无间。尤有甚者,两者更可做到互相滋养,各自是各自之泉源。今时今日,我们都知道,评论自脱离以作者意图为依归,而历经向文本(如英美新批评)再至向读者(如读者反应理论)转向后(这其实也是一种学术潮流,并非什么真理),已经大大增加了自由的创作性;虽然艾柯提出"诠释的界限"以避免无限制的"过度诠释"(Overinterpretation),也是语重心长兼值得一听。反过来,将评论放于艺术创作如小说之中,亦已有不少人实验过了,小说不断吸纳不同文类如书信、日记、辞典、评论等，以更新自己。

高达的名言："我至今仍以为自己是影评人，我仍然在写评论，只是用的是电影，将评论的身份包含进去。我以为自己是论文家，我用小说的形式写评论，或用评论形式做小说，只不过不透过文字，而是透过电影。如果电影消失了，我会接受不可避免的电视继续做，如果电视消失了，我就重回纸笔也罢。三种都是有清楚传承的表达形式，全是一档子事。"媒介、文类、创作、评论的穿墙过壁，已经有很多前人做过了，尼采、祈克果、萨特、加缪等哲学家都以文学写哲学，艾略特、爱伦坡、卡尔维诺、艾柯、苏珊·桑塔格等，既是文学家也是理论家、评论家。电影世界也有不少先驱将理论与创作熔接，如爱森斯坦的蒙太奇理论，就贯彻于他的电影中。

而我，非常甘心于做一个彻底文字人，但必会继续于各种文类（小说、文化评论、城市书写、游记、散文、诗……）之中与之间做一只穿花蝴蝶，做不成"可怕的孩子"也要当个永远嬉戏的"贪心的孩子"，拒绝归位，其实也就是拒绝被定位。如果有什么冲突，这不会是媒体或文类的本体论问题，而是人生有涯，心力有限，时间不多，衰退有时，当真有这一刻，需要做出取舍，我的答案其实已在这篇文章中隐隐道出，就是《爱之颂》那句话：我想小说。

7.我

我,其实不太习惯说"我"。也许不是不习惯,而是觉得要保持清醒。一个将"我"字不断挂于口头的人,可能是太自我中心、自大,或寂寞,如加缪说:"寂寞的人不谈论自己,是一种奇迹。"然而,除了以上提及的"作者→文本→读者"的评论转向外,"我"的介入,亦是当代不少学科的思潮转向,也就是说,以往刻意将"我"淡出的客观性备受质疑,相反更要求一种"自我指涉"(Self-re-flexivity),将"我"由幕后带到前台(但不一定是主角),影响所及包括社会学的质性研究、新闻写作等。

本文是应《我和电影的二三事》一书而写的,突出自我或以"我"的角度写作,本来就是出发点,多谢编者,容我做了一次较放任的 Self-indulgence。我和电影以至于艺术的关系,有很多方法呈现,譬如说故事,但我以为,自己与电影的个人故事是不怎样动听的(没有火鸟没有第一影室不属于早慧只是每次都非常安静地看并且极之抗拒爆米花、手机和谈话),因此我选择了说思想,我和电影的二三事,就是我对电影和艺术的一些思绪,我相信,这于自我省思及于读者来说,都是更有裨益的。而反反复复说着的,不过是欣赏、评论、价值、口味、偏见、写作、艺术,以至于爱的种种。最后仅以一首半年前写的拙诗作结,就是被以上提到的《祖

与占》那句"假如你爱我,请不要认为我会是个大障碍"一时打动而写下的:

假如你爱我,请不要以为我是条灯柱
假如你爱我,请不要以为我是个沙漏
假如你爱我,请不要以为我是个钟摆
假如你爱我,请不要以为我是个驿站

假如你爱我,请不要以为我是条门栅
假如你爱我,请不要以为我是个障碍
假如你爱我,请不要以为我是个负累
假如你爱我,请不要以为我是个深渊

假如你爱我,假如你爱我

心动的时候,不一定写评论,可以写一首诗。

二○○四年七月八日

181

电影中，我们都在寻找经历

看影碟取代不了入电影院，通常人们说的道理是：Quality of pictures。对我来说，影画质素之外，入电影院还有一个重要理由。我会称之为：Events。即生命中一些入影院（或某些特别地方）观赏电影的经验，可兹成为生活事件来记叙、回忆。

譬如一九八六年，我与一班同学仔，浩浩荡荡到皇都戏院看《英雄本色》，"唔好用枪指住我个头"，"阿Sir，我冇做大佬好耐喇"，看到某些场口，全场观众拍掌。一九九二年，当我与基督教纽带还未完全割断之时，我在影艺戏院看了马丁·斯科塞斯的《基督的最后诱惑》。后来的《情书》又另有意义，在影艺排队入场看这电影，成了一段很多人共有的集体记忆。上世纪九十年代中，艺术中心曾经一连气放映奇斯洛夫斯基《十诫》，前后加上少许歇息时间长达十一小时，这成了我看电影的马拉松纪录，至今未破。看戏的版图渐渐越出我城，有什么比在曼克顿看活地阿伦的《曼克顿》（*Manhattan*）、马田史高西斯的《穷街陋巷》（*Mean Streets*）、《的士司机》（*Taxi Driver*）更加"应景"？这几部电影，二〇〇七年，我在曼克顿的独立艺术影院 Film Forum"重看"了。同年在 Bryant Park Summer Film Festival 中，在布莱恩公园草地上，我跟大伙儿看了一场露天放映的《北非谍影》（*Casablanca*）。影像记忆与事件记忆互相重叠。

Event 三大元素：时、地、人。以上举的例子，何时看，何地看，与何人看（不时是形单影只，因为"梦是唯一的真实"，我并不以为孤单），我心中暗记。在我们这个相对来说风平浪静的 Uneventful 年代，痛是失恋、穷是减低"消费意欲"（就某阶层而言），看一场电影，有时就够当成个人事件般写入日记。好简单的一件事，就算不写日记，我也会把每场入电影院看戏的票根留着，日后重检，至少可作存在的印记。

在家中放影碟，不仅画面收窄、时空打乱（谈不上与某电影上画或某电影节同步），事件性也削平了，到最后独剩下"文本"——戏就只是戏，没有其他附带的记忆和意义。也可以说，电影往往被"去情境化"（de-contextualize）了，电影公映时（如果曾经公映的话）的社会回响与氛围，都变得无关宏旨。有趣的是你可以在弹指之间，随心所欲地做时空压缩（尤其在现今影碟比以往更容易找到之时），譬如，如果你喜欢（事实上我做过），你可以让《警察故事》和《新警察故事》相差十九年的成龙，存活于同一天的液晶体屏幕之中(这也许是影像无意达成的另一种"梦")。但我从来没有日记写下,何日在家中看了什么影碟。我与影像走着同一条路:我被压缩成一个"纯文本"的人。

所以,生活中始终不缺入电影院的时候。我们都需要一个大银幕——不仅是物理的尺寸,更是隐喻性的——人生在世,我们需要一点"大于生命"(Larger-than-life)的感觉。从光明进入漆黑,由排队入场至看罢最后一行 Roller Credit,至散场回家的一整套观赏 ritual,那是生活中还可以低廉价钱买到的"Sacredness"。在电影的"神圣"面前,我把自己缩到最小,在预定好的片长时间之内,我把自己全然交付给眼前影像,电话不接(朋友,记着,扰人清梦是罪)、爆米花不吃(每一下爆米花声都剪碎了声轨,讨厌极了),当然更没权利随便暂停。在家中,我却成了主人,遥控器的"Pause"是太容易按了,一部电影常常沦为断截禾虫般被分段消化,每一次"按停",我就好像往电影创作者身上点穴。时间在我手,观影却被降级了。

入影院看戏,与看家庭影碟,是以也可说是生活的双重节奏。前者是与社会同步的、与众共存的,后者是与社会脱序的、唯我独尊的。凡事件必有档期,错过了便错过了。正如我怎样从影碟中翻看高达、杜鲁福、阿伦雷奈等(虽然不少也在重映时看过),我也不可能真正领略上世纪五十年代末至六十年代"法国新浪潮"作为"浪潮"是怎样的一回事。感谢影碟,我得以从"文本"中重温经典，但我压根儿知道，在电影作为事件的意义上，我是无法"回到过去"的。是以，每逢遇到真正好的电影，不妨把看戏当作非一般事件看待，把电影院当作一座教堂（虽然电影院越来越"迷你"，但好歹是一间 Chapel 吧），不让自己轻易错过一场弥撒。相信我，日积月累，假以时日，你将有自己一部丰富的电影事件簿，到时候，电影就不仅是电影了。

说到底我们都在寻找经历。

二〇〇九年二月

时间的灰烬，十五年后

十五年了，时间的灰烬竟然可以重燃，一定是它从来没有死灭，只是封在一个瓶子里。黄沙大漠，染黄了的菲林因而更显苍茫。铺了垫的弦乐又令音乐更浓郁一些。《东邪西毒》终极版其实改变不大。"旗未动，风也未吹，是人的心自己在动。"于电影亦然。如果你观影感觉不同了，无论是像林青霞般从不明所以到恍然大悟，还是以今日之我打倒昨日之我，事过境迁，拒绝留恋——变得更多的，其实是自己。当然还有张国荣，真正的灰飞烟灭。

也有朋友说，怎会不明，再看，我通通都明了。自尊、骄傲、情伤、求死、妒忌、放纵、压抑、拒绝、报复、记忆、遗忘、痴狂，所有爱情母题统统都在电影的蛛网结构中布下了，共通的是，全都是绕圈自转的爱的逃兵。这些母题，如果你没把时间按停，走过岁月，应该都已由抽象一一化成经历吧。四男四女足够让你转换许多视点找到许多代入点，也许你曾经骄傲一如欧阳峰、放纵一如黄

186

药师、精神分裂一如慕容嫣/燕、遁入黑暗一如盲武士，"我以为我和他们不一样"（这句类似话，洪七说过，黎耀辉说过，苏丽珍说过），结果你发现自己原来不是自己想象中那么独特、连贯、统一；就连你年轻时曾经睥睨的洪七，你可能也从中重新找到自我认同，甚至早如他携妻同行投身"早餐派"了。

唯一你还未尝到的是"醉生梦死"酒吧。爱情的苦酒你灌下了，但可以叫你"唔记得喇"的"醉生梦死"酒，一如秦始皇上天下地遍寻不获的长生药，本来就是不存在的。不存在因此成为神话。"要决心忘记，我便记不起"，只是黄药师演给自己看的戏。这也是爱情的伟大，赐予每人应有的戏份。"沉溺地演戏"，这是所有人要好好活着的基本悖论。

十五个立春，十五个惊蛰。人面不知何处去，桃花依旧笑春风。有些事情，是要到后来才明白的。譬如说，桃花原来是没有的（一个女人的名字）、"醉生梦死"酒原来是一场玩笑（欧阳峰最后洞悉）、"沙漠之后仍是沙漠"。先果后因的循环结构，不仅是电影形式，原来也是人生。先开谜面后揭谜底，十五个立春，十五个惊蛰，人生许多张底牌我都翻揭了。我只是没料到，我最后真的与你分离了。

荒漠其实就是一片流放地。只有年轻的人可以流放，成熟的人想到回归。无论怎样痛苦，中间的迷惘期是幸福的。之后，之后是一把大火烧掉茅屋山后是什么我已经不想知道了。执拾包

187

袄回归白驼山,告别匿名前传岁月从此扬名立万,原来是老的伊始。于此来说,这竟又有点像拉冈的心理分析,文化权力的拥有,以原初的失落作代价。

所以说到底怎会有真的循环。季节恒常重复,当事人却是走一步远一步回不了头回不了头。十五个惊蛰还有十五个酷暑十五个立秋十五个寒冬。十五年后坚执地于大银幕再看《东邪西毒》,暗中期盼的包括与昔日的自己重遇。可以挽留青春的只有影像,而这可能也属幻觉。我可以做的,就是尽量将流放的日子延长一点,再延长一点。有朝一日,如果反过来,"旗动,风吹,而我的心不动",与影像无关,这完全是因为自己看破了或者老去了。顿悟与看化非常接近。当真有这时候,我或许更能明白,什么真的是,时间的灰烬。

二〇〇九年七月

很多影像我忘记了，独剩下了歌

　　林子祥的《似梦迷离》："情痴总有缺陷，情深总要别离，天意爱弄人，谁人可退避……"好些年后，才知道来自法国导演积葵丹美《秋水伊人》（*The Umbrellas of Cherbourg*，1964）的电影曲子——哀怨凄丽得几乎要杀死人，今天仍有不少人以为这曲是林子祥作的，必须还原作者 Michel Legrand 正名。男主角准备参军，女主角送别，曲子由二人唱出来当时还可说是 Bittersweet，到结尾女主角已为人妻，偶然路经油站重遇旧情人，曲子再次响起，纯琴弦拉奏伴以间歇的合唱团嗓音，哀而不怨，欲说还休，压着更深的愁。这已经成了我最爱的爱情电影之一。未知原作先遇改编，这也是你我经常有的经验吧，潘伟源给曲子谱上歌词，《似梦迷离》就此成了《一咬 OK》的电影主题曲。多年后，《一咬 OK》已全然褪色（我甚至怀疑自己有没有看过），倒是音乐，经常在脑海响起。

　　一如你可能像我一样，已忘了《阴阳错》的影像，独记得电影里的《幻影》一曲。没有音乐引子,谭咏麟的歌声直接从清唱展开,点点的风铃声,作曲人林敏怡这个尝试,她多年后忆述,原来当年电影老板听后不甚满意,说不知她搞什么。"紫色的小盒子里,尽藏着许多未了事",后来一女子真的给我送来这个八音盒——晶莹玻璃方盒子,打开中间有一块紫水晶;扭动发条,水晶随音乐转动,你一把将盒子关上,音乐便戛然而止。仿若一个心房。

关于电影主题曲成为爱情金曲,上世纪八十年代初教我印象深刻的,还有《表错七日情》。电影是父亲带一家人一起看的,当时才十岁出头的我,一定不知偷情为何物,但就是记得这歌曲,一段日子还反复吟唱。我说的不是钟镇涛和彭建新合唱的那首《一段情》:"我爱的抛弃我,剩下我满面泪水",主题曲固然不俗并且是少有的两男合唱情歌,但我更喜欢的,倒是插曲《要是有缘》。这可能是我成长阶段比较有意识地"读歌词"的开始。"信是有缘,要是无缘怎可此世此生竟碰见,但若说是情缘,怎么似利剑……","要是有缘,却为何从开始都已得知它会变,但若说是无缘,应不会恨怨",这格式令我想起什么呢? 但愿你不会骂我"亵渎"了文学经典。我说的是《红楼梦》,不就跟《枉凝眉》一词有几近相似:"一个是阆苑仙葩,一个是美玉无瑕。若说没奇缘,今生偏又遇着他;若说有奇缘,如何心事终虚话? ……"你说是否有几分相似? 也许填词人卢永强真的从《红楼梦》获得灵感,也许这纯是我的自由联想，又或许——"要的这样……何以那样"，本是人类爱情的永恒叹息。

是我的不该，我本来说的是影像，却说了歌曲。但电影主题曲，又未尝不是港片的一个特色。早期粤语片伶星摆明车马演唱自不用说，及至后来，电影叙事中好生生插入一首影像 MV，音乐暂时性地奉旨喧宾夺主，也是常见的，经典如《旺角卡门》刘德华与张曼玉拥吻于大屿山电话亭一幕，林忆莲的《激情》此起彼伏地串联影像（有说当年公映版用的是王杰的《一无所有》，但我没看过）。有时很俗，有时赏心悦目。如是者，最佳电影主题曲成了香港电影金像奖每年一度的常设奖项，这方面，荷里活奥斯卡可是与香港看齐，欧洲电影奖项则未必来这一套。

这样也好，很多影像我忘记了，独剩下了歌。

二○○九年六月

191

为了忘却的纪念

抹掉,小时候已有文字洁癖,写错了字一定会涂擦。所以很长一段日子我喜欢用铅笔写字,嫌"沙胶"(新生代或者不知这东西为何物了)麻烦,擦得大力会擦穿纸张,后来有了"白油",再后来有了不用自己混"天拿水"的涂改液,再后来到了计算机输入,涂改才真正成为完全不留痕迹的行为。键盘的 Delete、Backspace 实在太方便了,有时也想,人生有这个掣便好了,可以把遗憾除去;但没有遗憾的人生到底又有点可怕,因此又庆幸现实人生没这两个方便掣。

然而我又不敢说:"要记得的我总会记得。"我每天记忆,同时每天失忆。重大的事也许会遗忘,鸡毛蒜皮的偏偏又活在记忆中。有时我怀疑有一只上帝的手指在操控着人生的 Save、Delete,忘却与记忆由不得我。又或者一切不过是唯物论的,只碰巧是你脑内那串记忆细胞死掉了。每一个记忆的留住与闪失,都是意志与命运的交错。

如果是这样，照相术的发明，就有着对抗上帝的意味。人类要以自己创造的科技文明，掌握记忆与忘记。难怪在摄影术成功发明之初，德国刊物 *Leipziger Stadtanzeiger* 于一八三九年做了如此评述："经由德国的调查，想要捕捉真实的影像不但不可能，且这种欲望本身……就是亵渎上帝的。"

如果没有相片，我不可能记得以往每张已经消逝的面孔。有了数码摄录，要留下影像就更加方便了。电影《半支烟》感动我的一个地方，是曾志伟与谢霆锋的对照，曾志伟一直记着年轻时恋慕过的女子（舒淇饰）的一张面孔，但濒临老人痴呆边缘的他，只有一张褪色的女子画像作为凭依，而谢霆锋每天用摄录机透过窗户偷拍于油麻地差馆出入的心仪女警（陈慧琳饰），前者于记忆与忘却之间，后者有实实在在的电子影像。但当记忆那么容易被拍下时，也就失去了想象。甚至可以说，不曾遗忘就无所谓痴情，我们总是在消失的边缘记取与领受。"莫失莫忘"（薛宝钗的金锁背面），成全不了真正的爱情。

人类一直有捕捉真实影像的欲望。上帝造人，把人的眼睛置于只看到前方，不能反看自己，但自古以来，人们各施其法，从公元前土耳其人用黑曜岩石片造成的模糊镜片，到十六世纪初威尼斯人发明的第一面水银和锡混合的现代镜子，人们越来越看清自己了（至此镜子与巫术脱钩；后来镜子进入心理分析范畴，用于分别灵长类与其他动物）。人们不仅要看见自己的面孔,还要把镜子镶进黑箱中,发明了摄影机,把影像捕捉下来。中国人曾害怕摄影机,怕被摄去灵魂（徐克的《黄飞鸿》便拍过中国人这种愚昧）；如今想来,这种未达文明的愚昧,又未尝没有几分哲学的含意。

今天的面孔与昨天的面孔告别。面孔的堆叠就成了历史。没有照相术,我对我昔日的面孔也许一无所知（包括我父母年轻时的面孔）。对于摄影的瞬间,罗兰·巴特(Roland Barthes)从相片中看到死亡,他这样说："一个含蓄时刻,真实来说,我既非主体,也非客体,而是一个感受着自己变为客体的主体：我随之经验着一个微细化的死亡：我真真正正变成幽灵。"每张拍下的面孔其实已经死去,并且预兆着未至的消亡。所以面孔的堆叠其实也是死亡的重复。于此来说,照相术终究没有战胜过上帝,因为人怎样也锁在时空之中,自有永有的只有上帝。

二○○七年十一月

一九九四，电影的美好年华

二十年了，一眨眼就二十年了。好像还刚刚离开电影院，仍为着电影里的人物和故事感动，心头挂着一块铅；然而，风华正茂的人后来都有了年纪，没添太多皱纹的又已经不在，而这个城市也改了模样。然而，二十年前这几部电影确是值得记取的。

世界不少地方都怀念起王家卫一九九四年的《重庆森林》，有电影节、大学等更特别为此举办二十周年放映会。世上很多东西都有限期，《重庆森林》却是不会过期的。一代又一代过去了，今天我在大学教的学生，仍会为着电影的人物独白、城市感性、物的情结、爱情交错等动容。五月一日为限期的凤梨罐头、城市陌生人之间的 0.01 公分距离、223 与 663 电影上下两半的失恋警察等，这些数字符号都被记下了，当然还有 Midnight Express 里的厨师沙律、加州餐厅与 *California Dreaming* 歌曲、林青霞的金色假发与墨镜造型、王菲神采飞扬的本色演出等。这部电影当年鬼才导演昆顿·塔伦天奴看得感动不已，王家卫亦是凭这部轻盈的城市爱情实验作品打入国际影坛。早前有网上媒体选出二十部关于寂寞的优秀电影，《重庆森林》亦榜上有名。是的，我们很难忘记何志武（金城武饰）寂寞难耐时乱拨电话找人、以跑步流汗代替流泪的悲喜剧，强悍如致命尤物的金发女子，也有一刻倦得需要一个陌生肩头承托。寂寞的时候原来我们都是一样的。

　　轻盈较易让人受落，其实沉重也可是珍贵的。当年《东邪西毒》一拍经年，电影未完成，创作队伍先架起手提摄录，拍出《重庆森林》来，结果是一九九四年，先后出现王家卫一轻一重、一即兴勃发一沉溺繁复的《重庆森林》和《东邪西毒》。时间的灰烬没有尽头，王家卫因《东邪西毒》获赠"时间诗人"（Poet of Time）之美誉。形式就是内容，电影的先果后因、回环结构刻意扭曲直接时间，记忆与遗忘共跳探戈，其实所有负伤的灵魂爱的逃兵心里都记得一清二楚，"醉生梦死"酒根本是没有的。"旗未动，风也未吹，是人的心自己在动"。十四年后《东邪西毒》推出终极版，黄色主调贯彻全片；黄沙大漠，染黄了的菲林因而更显苍茫。原有的配乐则添了一层低回浑厚的大提琴乐音铺垫。怎会看不明白呢？自尊、骄傲、情伤、求死、妒忌、放纵、压抑、拒绝、报复、记忆、遗忘、痴狂，所有爱情母题都在电影的蛛网结构中布下了，如果人生有所历练，这些母题及后或者都一一变成刻骨经历，再后来，则又事过境迁，也无风雨也无情。一把大火烧掉茅屋，沙漠之后仍是沙漠。剩下张国荣的西毒演出叫人无尽怀念。

《重庆森林》和《东邪西毒》之外；另一"兵分二路"是王家卫的好兄弟刘镇伟起用《东邪西毒》原班人马，率先拍成香港的喜剧瑰宝《东成西就》。难得一庄一谐互有呼应，东邪、西毒甚至连南帝、中神通都一一出场了，却是无一正经，但大家很难不为梁朝伟的"孖润肠"嘴而发笑。香港电影人的灵动性可见一斑，此案例亦早成美谈。但真正的影像对话还要多等一年，《重庆森林》中的"一万年"罐头限期愿望，经刘镇伟改写放进周星驰饰演的至尊宝口中，成为《西游记》(分《西游记第一百零一回之月光宝盒》《西游记大结局之仙履奇缘》两部)的经典对白。电影在内地(名《大话西游》)出了很多文化诠释，现在已有人在纪念《西游记》二十周年了，电影给列作"百部不可不看的香港电影"，刚在香港电影资料馆放映，有机会去看。

二〇一四年十一月

二十岁电影

　　说到二十年前几部值得纪念的香港电影，网上见这个"2014二十岁的电影"链接(主要是荷里活电影)，便也在心里略略想起其中哪些是自己曾看过的。其中《危险人物》(*Pulp Fiction*)、《阿甘正传》(*Forrest Gump*)、《这个杀手不太冷》(*Leon：The Professional*)、《幕后谎言》(*Quiz Show*)等都是当年在戏院看的；有的在后来补回，当然也有至今未看的。

　　由是又在脑中搜索，今年满二十周岁的香港及华语电影，除了已谈过的《重庆森林》《东邪西毒》等外，还有哪些是有印象的。《我和春天有个约会》应是值得一记的，当年打开了电影改编舞台剧的风潮，尽管后来也后劲不继，但当年那出电影甚受欢迎，刘雅丽主唱的主题曲我也常哼唱。二十年倏忽而过，当年"四朵金花"各散东西，各自命运又是如何？时隔多年，舞台剧再在北角新光上演还改编成内地电视剧《爱在春天》；事实上春天没有爽约，只是春天已经归去,又有谁可以留住?

有文本可依的(民间传说亦是一种),徐克在一九九四年拍的《梁祝》也值得记取。当年吴奇隆与杨采妮饰演梁山伯与祝英台这组合也算新鲜,更有趣在徐克把梁祝故事带到胡人乱华、汉室偷安南方的东晋背景,秉承其一贯乱世视野,又将官场权势、反封建思想以至于同志疑云、情欲解放引入,是一次很不俗的"故事新编"。

特别有印象的还有《红玫瑰白玫瑰》,张爱玲小说改编一向考验人,这次负责电影编剧的是林奕华,保留原作精髓之余也与原著对话,值得花时间细嚼。电影分别由陈冲与叶玉卿饰演王娇蕊(红玫瑰)与孟烟鹂(白玫瑰),后来重看时我想过,如果陈冲与叶玉卿调换角色演绎该会如何?该年电影改编自小说的,还有张艺谋改编自余华的《活着》,由好戏之人葛优饰演福贵,电影时空横跨国共内战、大跃进、"文革"前后三十年,悲欢离合福祸无常,而终又以苟活为坚毅精神的张艺谋式温情作结。电影当年在戏院看的,只记得很多死人和血,印象却模糊了。

一九九四年值得一记的还有姜文演而优则导的《阳光灿烂的日子》,初执导筒即拍出一部很有水平的电影。这也是一出改编自小说的电影(原著为王朔的《动物凶猛》),写十来岁的一群军干子弟,在"文革"浩劫大人缺席之下在北京城中获得空前的解放,也算是对历史的另一种个人诠释。电影保有原著少年动物性的一面,但也洒上大片大片温煦浪漫的阳光,尤其是电影中马小军与少女米兰如虚似实的邂逅,或者记忆本来就是可以重组和充满虚妄的。

以上所提的都是一些有原著(舞台剧、民间故事、小说)可依的作品,如果不把此考虑,当年我看过的电影还有《新同居时代》《晚九朝五》《金枝玉叶》《西楚霸王》《醉拳 II》《醉生梦死之湾仔之虎》等,好坏难以逐一细说,有些影像也近乎淡忘,只剩下了名字。奇怪的是其实当年我不算常入戏院,但不知为何回想还是储存了不少影像。也许我私下的记忆也是少不了重组和虚构。更私密的记忆是我在回想这些影像时,想着哪些电影在哪家电影院看,独个观影还是有人相伴,记起一些又忘了更多,只知道,曾经屹立于市的电影院很多家已经不在了,而曾经结伴观影的友人亦大多各散东西,独留下影像唤起那二十年前的光影距离,而这也是人生正常不过的。

二〇一四年十一月

杜鲁福情书:电影与生命,温柔与毁灭

　　杜鲁福说过,不喜欢给不喜欢看书的人拍戏,我想,如果爱看书又爱写信,应该就更理想了。生活中,杜鲁福写信很多,又爱寄书给朋友(单是我们的文化前辈陆离,便曾收其书信与电报约百)。字迹潦草但美,有时随手以书本扉页做信纸,写一个短笺,很杜鲁福。在创作伊始即有书信。杜迷一定听过这个故事。一九五五年杜鲁福在平价书摊找到作家昂利-皮亚·洛查(Henri-Pierre Roché)的首作《祖与占》,爱不释手,不久即与洛查通信,三年后洛查给他寄来第二本小说《两个英国女孩与欧陆》。他把编剧工作交给曾与他合作《祖与占》的尚·古奥,剧本的生成也离不开书信,如他自述:"几个月后他(古奥)交来五百页的剧本,长得吓坏了我,我送进抽屉一搁便是两年。今年年初我拿出来剪剪贴贴,缩短至二百页,交回古奥再整理。我们一如《野孩子》那样,隔着一个距离,以书信方式合作。"对一个影痴、书痴甚至信痴来说,这未尝不是生活与电影的一则则情书。

杜鲁福也是一个情痴（有说"痴"Obsession 乃其作品的贯彻母题或曰气质）。电影与生命何者为大？杜鲁福把这问题当成一个生命的大问题，苦苦思索三十年，可以想象，他必也把对情书（和书）之钟爱倾注入作品中。生活与艺术不可分割。《杜鲁福书信集》（Gilles Jacob 编辑）我没怎样看过，倒是对他在电影中出现的情书、书影、情信旁白印象深刻，好些甚至令我倾倒不已。看过《祖与占》的，有谁可以忘怀祖（Jules）在战火分隔中给嘉芙莲（Catherine）写信，写至信封已无，不知如何寄出但仍一笔一笔地蘸着墨水写？有谁会忘记祖、占（Jim）、阿拔（Albert）三人在草地上谈心，占说起战时一个士兵与情人的"信交"故事，二人在火车上邂逅（杜鲁福式的一见钟情），在战火分隔中，迫击炮炸得越频繁情书却越绵密，士兵死前在信中写下最后一句话："你的乳房是我爱上的唯一一炸弹。"嘉芙莲在一旁听着，好胜地说："很美的故事。祖也曾给我写美丽的信。"可也是这变幻多端的女子，不久前才跟占说到祖："人在远方却教我爱得更深，他休假回来却以吵架告终。"杜鲁福的温柔总是带着毁灭阴影的，距离以致死亡的惘惘威胁造就亲密，情书在这距离之中烧得灼灼，回归日常，却复归平静，以致无以为继。类似情景，不也发生在《偷吻》（Baisers Volés）中，安坦（Antoine）服兵役时经常写信给姬丝汀（Christine），姬丝汀说："信太多，一星期十九封信。"可退役后的安坦，再不见写信给姬丝汀了。

在《两个英国女孩与欧陆》(以下简称《两》)中,情书的韵味获得更极致的发挥。跟《祖与占》有着结构性的对应关系("三人行"由二男一女变奏成二女一男),《两》片比《祖与占》有着更大量的书信画面、读信旁白,为电影增添了浓厚的文学性,以至于说它为"书信体电影"(Epistolary Film)亦不为过。可书信往还在《两》片中少了绵绵柔情,却有着更深沉的伤痛和血泪。法国青年歌洛德(Claude)周旋于两个英国姊妹安娜(Anne)与梅希尔(Muriel)之间,先爱上后者,向她求婚不果,双方家人介入,协约二人暂别一年,在此期间不得见面和互通书信。临别之际,梅希尔向歌洛德提议:"让我们保留日记寄给对方。"交换日记是何等亲密之事,然而日记到底不是情信。不用等半年,在五光十色巴黎的歌洛德便写了一封信给梅希尔,却是一封告别信,告诉对方自己将只身到欧洲,拜访画家,写写他们及做些翻译,身边有女性朋友,不适合过妻儿生活。电影写信与收信读信画面反复交替,在英国读到这信后梅希尔即时晕倒,此后她不时拿着这封信喃喃自语,时而崩溃时而笃定时而压抑。她给歌洛德写过一封直抒痛楚及挽留的信,却没有寄出。如果这封真正表明心迹的情书适时送达,故事会否有改写的余地?如果二人协约分开一年但在此期间可保持通信,情感的犹豫不决和意志动摇,以致生分与误会,会否就会少一点?第三次看这电影时我想到以上假设题,但人生是没有假设的。情书可打开心扉，但也可做成时机错失。

　　回到《祖与占》，后来嘉芙莲与占闹翻了，占回到巴黎，二人协议不通电话，彼此以书信往来，信要三天才能到达，来往不一，因而互相错过。遗憾吗？嗯，但人生无憾，该多没趣呀（宫二是对的）。情书敌得过隆隆战火，敌不过平凡生活，敌得过感情煎熬，敌不过人心变卦，一字一句记着满腔柔情与思念，但也有伤害以致最不该存在的谎言（记得《祖与占》中嘉芙莲烧信说要烧掉谎言，却不小心烧着了裙子吗？）如是观之，那电影中的情书到底又是生命本身，也许把生命放大了一点，像杜鲁福这种爱痴者所需索的，我亦然，由始至终，直到永远。

二〇一五年一月

哲思　存在的探问与私语

存在主义:成长画板上的一抹底色

　　我在上世纪八十年代上中学,曾经深深影响一代知识青年的存在主义,据说来到我这代已经退潮了。但我阅读的开始从来都不是"集体性"的,以至可说是偏离于同代,在个人的小天地中孤独前行,偶尔有零星同伴靠近,而后又各归于各。莎冈回想她初始的阅读记忆,十四岁她读了《反抗的人》,帕慕克在父亲的影响下,十八岁读了加缪的作品,而我人生中第一本自发"读毕"的小说(日后明白,并无所谓"读毕"),介乎于这两个年龄之间,在高中时期看了加缪的《异乡人》。多年后在西西与何福仁一个对谈中,读到西西说"从萨特、加缪入手,也许是歧途",我会心微笑,也许在此也可浅谈一下,这"歧途"是怎么闯入的。

　　多年后回到母校分享阅读和写作,常被问及:中学日子你喜欢上阅读,有没有遇到什么启蒙老师? 每遇此问题,我都很诚实作答:"没有。'真人'出现的没有。我的启蒙老师,是书本中一个个我不认识的作者。"总有一个开始，或曰一把钥匙，命定或偶然地开启了一扇门。回想当初，现在已少人谈及的"突破丛书"是其中一把，我以为应还它一个位置。初中时我未懂得直接进入存在主义文学原著，它们进入视线，如一个"文学新大陆"般在眼前展现，最初，要多得那年代仍甚有深度、真可牧养一群思想少年的突破机构。初中时，在学校全没推介下，那年头我熟悉的突破作家名字是苏恩佩、对西洋文学认识甚深的余达心、当时对我甚有冲击的许立中（另一笔名为杨思）等；这些作者在《突破杂志》设有栏目，写一些于今天少年学生来说很难想象的严肃文学哲学思潮，《突破杂志》我少有阅读，却看了不少由此结集而成的书籍，如苏恩佩的《死亡，别狂傲》、罗锡为的《迷》、余达心的《荒漠行》、杨思的《相对论》《人世间》《思潮起伏》等。这些书的深浅程度，那打开的世界，刚好切中那个对存在深感困惑的少年我。没有它们，我中学的阅读回忆会苍白很多。

这些书不少大量讨论西方现代文学，俄国小说、欧洲存在主义小说，现代诗（如艾略特的《荒原》、奥登的《无名市民》等）外，并常常引用歌词，如打开《迷》即读到披头士的 *Nowhere Man*，《人世间》里读到 Paul Simon 的 *I'm a Rock*、Joe Darion 的 *Man of La Mancha* 等，歌词写得富有哲思，而且优美如诗，我未听其歌，先把它们当成文学作品来咀嚼了。其中，《荒漠行》是小时开启我进入现代文学之门的一把钥匙，书中想象一群人（最后只剩作者一个）

离开家乡,寻索那未知所在的"应许之地",过程中在荒漠践行,是心路历程也是一趟文学之旅。文学种子撒下的当儿,当事人并不知晓。"不知而为",或者就是一种纯然。存在主义的一些命题如"荒谬""反抗""怖栗""自由""空无"深深地吸引着我,它们不是纯抽象的,而能颤动内心的琴弦;在我对存在主义仍一知半解时(至今仍是),它成了成长画板上糅上的一抹底色。

这也许还得放回存在主义说的境遇(situation)来理解。如今想来,由一群"基督教作家"为一个困惑少年开启了一条通向"否定神"的"荒漠行",如此"歧路",本身就有着双重性。我中、小学就读教会学校,小学天天念玫瑰经,中学早会天天祈祷要唱圣歌;及后加入合唱团,表演练习的是亨德尔的《弥赛亚》。尽管我一直与宗教若即若离,但在如此宗教氛围长大,"存在主义"文学和哲学作品的潜入,其实是在成长环境中提供了一个"另边的世界",以至于一个人就是自己的"反命题"(antithesis)。在我读着像加缪《异乡人》、萨特《墙》《呕吐》这些"无神论"小说时,同时我可能刚看罢约翰·班扬的《天路历程》、纪伯伦的《先知》;在翻着马丁·路德传记 *Here I Stand* 时,另手翻着罗素的《我为什么不是基督徒》。我想说的是,影响着我的与其说是单纯的一门"存在哲学"(其实它本身不是一个哲学流派),不如说是生命在两极之间摆动的"双重性"——当教会牧师说着"因信称义""原罪""自由意志与命定论"这些课题时,"另一个世界"(或气场)回响着的是尼采的"上帝已死"、《卡拉马佐夫兄弟们》中那"如果上帝不存在,一切皆被允许"、西西弗斯推石头上山等于我有着魅惑力量的句子、思想和故事。当时并不知晓,这双重性钟摆一旦启动,在日后于我就不曾停息过,尽管我早已名义上不是教徒,而径自投进了文学这门"未言救赎,但有超脱"的替代性宗教。文学接收了我对宗教的虔诚。

阅读作为一门自修课,进深历程也是一条攀梯之路。写这篇文章时我把已封箱的一些旧书找出来,书页大多发黄,书背那价钱标贴,有突破(佐敦吴松街那间书廊)、天道、田园、天地等,在回顾文化史时,一些为人忽略一些为人所记,铺展开来原来就是我成长路上的流动活课室,最有趣的东西都在"外边"。升上高中,"突破丛书"这些"入门书"渐渐被我弃走了。我开始找寻一些可能更有深度的导航。八十年代末至九十年代初,介绍存在主义的,在我书架上添了一些新"成员",如台湾哲学家陈鼓应编的《存在主义》,陈鼓应、孟祥森、刘崎翻译美国考夫曼的《存在主义哲学》,李天命的《存在主义概论》。张容着的《阿尔贝·加缪》,可能是我第一本看完的作家传记。如是者我想到个人与时代的关系,文首说本文所写只是一点个人的阅读记忆,但个人如何"个人"还是与社会扣连的。是的,以上提到的那本《迷》,是中学一个读协恩书院的笔友送的,回信中我肯定抄写过书中的一些诗词给她。李天命的《存在主义概论》不知写得如何,但当年也风靡一时。我又记起一个中学同学在教会图书馆读着祁克果英文版 *Either/Or* 的画面，我当时心想他是否看得懂呀（这同学后来大学毕业念了神学院），多年后我也打开此书发觉祁克果真是厉害得可以，只是至今我仍辜负了他在书中跟读者立下的"契约"："读者要不一字不读，不然便应全本看毕"，难以实现的另一"非此即彼"。由是我又想起，在我还未完全"脱教"前，一段日子我曾伙同一个同龄女教友到葛量洪医院探病人，我们通常相约在铜锣湾三越百货公司门口等，乘巴士穿越隧道入香港仔的巴士路程上，我肯定不止一次跟她谈起加缪的《异乡人》，事实上那本书当时就搁在我的书包内。事后回想，我一边读着《异乡人》一边到教会医院传道，真是双重以至于荒诞得可以，或者当时还未看到小说最后一章，主角莫梭坚决拒绝会见神父，至后来痛斥神父的一段。那名女教友后来当了一名医生。事后与这稀有书友说起，陈鼓应（他尤其推崇尼采）也是她当年看的，当然还有宝岛彼岸，早逝而深受存在主义影响的王尚义，《野鸽子的黄昏》都一定读过。如此这般，孤独的阅读回忆，还是会连起他人的，但这并不代表一个年代。

　　真正走入原著的字里行间，才真算亲炙作家及文学。那么多的存在主义思想家，如尼采、祁克果、萨特，都或多或少取文学之径，说来不是偶然，这是哲学系统回归生命关切的转向。架构恢宏如海德格，晚年大隐于林，也转向诗化写作，以诗代言。离开原初已久（或者从来没真正离开），往后人生我读了形形色色不同的文学小说，戏谑荒诞、先锋实验、历史后设、批判写实、魔幻现实等，而存在主义那种"哲学小说"，作为我最早接触西方文学的窗口，则有着读者选择和偶然成分的使然。而在芸芸作家中，加缪则始终是可敬的。他的小说与他的哲学互相形构，不断在发展，如果早期的《异乡人》说的是个人面对世界的疏离，到《瘟疫》时，消极的冷漠已变成共同对荒诞的一场顽抗。加缪笔下的人物——《异乡人》中的莫梭、《瘟疫》中的李尔医生，都是诚实得不屑／不懂与虚伪作丝毫妥协的人，对生命所知如是，便如是，不装饰、不遮掩、不扭曲，甚至不安慰。阳光与阴影、反抗与沉默、激情与徒劳、英雄之姿与人之常情，加缪及其作品也一直弹奏着一种双重性，因为荒谬本就不是单独存在，而"是产生于人的需求与世界之不合理的沉默碰头"，"是这个无理性的世界与对清晰之狂野渴望的碰头"。对存在的忠诚一直影响着我，这其实也是文学归根究底的求真精神。

二○一三年八月

救赎之姿,信与失信

哲学家海德格说,"此在"(在此且理解为人)是被抛掷进("Thrown in")这个世界的。有没有人研究过,这抛掷的轨迹是不是一条抛物线高飞曲坠。我这样想象,所以我们才会称人的出生为:呱呱落地。这似乎一早就决定了救赎的必要。

沉沦、堕落、失陷,所有向下的姿势都是一种"Downfall",跌至尽头,应可抵达幽谷、失乐园、地狱、冥府。与之相反,如果救赎也可形象化为一个动作,它必是提升的、向上的、飞扬的,如中国的天庭、西方的天堂、雅各的天梯、天上的星星,从古至今被图腾的东西,由石头、金牛像、哥特式教堂至摩天大楼(资本主义教堂),必然是叫人仰望的。"我们在天上的父",小时候读教会学校如我者,必然念过千回万遍。

我不清楚有没有人一生都觉得生命不过是一块平地,但如果西西弗斯的石头是在平地上滚动,所谓英雄感、荒谬(在平地上滚石只能予人滑稽之感),及因反抗而获得的一点自我救赎便顿然失落,石头的运行不过依照牛顿的惯性定理,在没有外力之下不断以均速运行而已。这实在是太没趣味了。除了必至之死(终朽),人类还为自己设想了重重的先天陷落,如原罪、前生的孽债、与神的隔绝,生命因此就成了一场历练、补偿、赎罪、修行。救赎之必要由此而生。这人类设想本身也许就是一种救赎。

我不能说准这存在状态于我在什么年纪开始,我只能说,在生命之原初。小时候,存在之谜已经同时深深纠缠着存在之困("谜"与"困"不一定是相连的),我思之茫然,由跟随家人参加佛教日莲正宗聚会到随同学朋友返教会,再至沉迷书本世界,一知半解地由《荒漠甘泉》《天路历程》《为什么我不敢告诉你我是谁》等,读到《呕吐》《异乡人》《查拉图斯特拉如是说》等,在"有神"与"上帝已死"的钟摆中徘徊(或者也是不断地重复仰望、低头的动作而不觉劳损),不觉走完我的少年。我曾经决志,及后又"脱教",如今回想,是否基督徒于我已不重要,重要的是竟然这样通向了文学之门。

由"宗教"至"文学",表面好像是"转会"了,实则是一脉相连,因为都离不开存在之困,两者本就有着共通的"属灵情操"(或曰存在的觉醒)。昆德拉称小说家为"存在的勘探者",此言非虚。从此我的"经书"便更多了,《圣经》固然可终生阅读("传道书"是我深爱的),米尔顿的长篇叙事诗《失乐园》何尝不是?

于此,问题就来了,因为所谓救赎,除了是"道德性"的(基督教的救赎观),还有是美学上的——背叛的天使光芒盖过上帝、忧郁的层次更胜快乐(也许根本无从解开;济慈的《忧郁颂》不就说:"隐蔽的'忧郁'原在'快乐'底殿堂中设有神坛"?)恶之花、病之美,日常生活我们予以驱逐出境的,在文学世界中竟然被一一接收,还被编织成美丽的桂冠,或刺痛的荆棘。质变出现,于是,又不能不说是真的"转会"了;未知是否"弃明投暗",月亮女神比阿波罗神祇更可亲,却成定数了。恋栈黑夜,从此有迹可循。伊甸园有光明但禁绝于人的生命之树,我的失乐园中,则种了奇花异卉如马鞭草、迷迭香、忘我及百忧解。文学之中,莎乐美被宠幸是更甚于约瑟头颅被惋惜的。于此说来,文学有正气,亦有邪气,救赎之路由沉沦铺成,一切生之奥秘都是一场悖论。

除了文学,我也曾经信奉爱情。这应该是我第三个曾经信奉的"宗教"。奉爱人如女神,虽然明知她是 Mortal 的。爱情自然是尘世的,但在爱的激烈之中,我曾经觉得恍若撕裂于地狱与天堂之间(当时并不觉得只是比喻)。如果一个人可以殉道,殉爱理应也是可能的。爱情是超道德的,当然包括美与丑,爱情也可让人提升,自然也可叫人沉沦。只是至死不渝的爱在尘世间到底比甘露更稀少。而不若文学,爱情的麻烦是必须有另一人(或更多人)的协作,而即使曾经执子之手,一方忽然想松开手来,你也是无从挽留,而只堪无奈的。尘世的自我救赎,到底不完全。

所有救赎的故事都包含信与失信。信的理由很少(因为少,所以极强,如阿基米德所言:"给我一个支点,我可以举起整个地球"),失信的理由较多,可能是信念的动摇(根本不深),可能是生命的转化(不以表面的失信为"失信"),可能是深刻的怀疑(我始终无法在生命中祛除的),可能是太自知的无知(落入永远的"不可知论"),可能是彻底的背叛(那往往通向原来信仰的反面,包括复仇),可能是最终堕入了虚无。是的,虚无,真真正正对"救赎"的否定(文学有时,也并非没有这一面相)。有时我也觉得,暗暗中有虚无的影子晃动。但说得上是"影子",那又并非真的虚无。因为人们创造了"无"这个字,真正的"无"便无从说了。每一次你说到"无",都是"无"的存在(我想到日本导演小津安二郎墓碑志的一个"无"字,我怀疑,也许其实也是在暗暗对抗虚无)。如此,我们又始终尚存(或残存)一丝盼望,在坟头之地仍要插上花朵,告诉自己,救赎仍是可能的,因为它本来就是必要的。说到底救赎就是生之理由,生之慰藉。窒息过后,我又深呼吸一次。

二〇一〇年十一月

216

可恨我们不是西西弗斯

西西弗斯(Sisyphus),触犯众神,被宙斯(Zeus)降罚,于阴间把一块巨石滚上山,由于它本身的重量,巨石每到山顶便滚下来,他又得从山下把它推上山顶去。这徒劳无功、无止境的工作,神祇看以为是最可怕的酷刑。然而存在主义哲学家加缪(Albert Camus)在一九四〇年写就的《西西弗斯的神话》的文末说:"挣扎着上山的努力已足以充实人们的心灵。人们必须想象西西弗斯是快乐的。"加缪的文章写得极有力量,西西弗斯的快乐是不难想象的,"快乐和荒谬是同属大地的两个儿子",然而,我必须说,这想象的快乐未必迎合我们,因为,可恨我们不是西西弗斯。

平地上滑行

加缪说:"紧贴着石头的那张脸已经变成了一块石头!","他比他的石头更坚强。"然而,这磨难中占举足轻重位置的不仅是那块巨石,还有那巨石滚于其上的斜坡。因为是斜坡,并且是巨石,那推石上山的工作不仅是重复性的,且从一开始便具有征服性的意味——征服那逆向的地心吸力。加缪的文章没有仔细描述西西弗斯身体的形态,然而,除了快乐之外,我们还必须想象西西弗斯是强壮无比的:粗壮的手臂、坚实的腿子,毕竟他滚动的是一块巨石!

文中把西西弗斯的劳动与人们的工作相提并论:"今天的工人,在他的一生中,每日都做着同样的工作,这种命运也是同样的荒谬的。"然而,加缪似乎过多地把注意力集中于工作的重复性,而轻看了重量。如果等着我们的石头只在平地滑行(它甚至是一块小如螺丝的细石),那么这种徒劳无功,便有着本质的分别。加缪说,"看着他踏着沉重而匀整的步伐走向永远不知何时才会结束的磨难";然而,在平地上,沉重感被取消了,等着我们的,只是"生命中不能承受的轻"。

最极端的情景是,我们只是回到牛顿经典力学的第一定律:"如果物体处于静止状态或作等速直线运动,只要没有外力作用,物体将保持静止状态或等速直线运动状态。"为我们准备好的不是一块斜坡,而是一块无阻力的平面(其边界为我们的寿限),我们只需要第一下作用力,石头便以其惯性(Inertia)运行。我们的工作只需跟着石头走路,可以想象,在这种情况下,我们将面无表情,没有"扭曲了的脸""紧贴着石头的面颊""顶着全是泥巴的肩膀""插入石头下面的脚"(除非是伪装的姿态),因为沉重的苦难并不属于我们。只有白光一片就无所谓"黑夜的蒙难"。这是一种决然机械性的单调重复,几乎跟静止等同。

加缪设想,西西弗斯最具意识的一刻,在于他从山顶回到山下、一个周期完结与另一周期开始之间的喘息片刻。在平地上推石,我们也会有突然意识的时刻(如在石头滚了一段周界距离的周期之后),然而却事先被剥夺了超越的可能。在万有引力被压倒性的惯性取代之下,上升的欲望与我们无干,下沉的晕眩与我们无涉。平地没有上、没有下,自然也没有巅峰、没有深渊。举头没有神祇,低头没有地狱(那不就是约翰·连侬的 *Imagine*?)。

永远的无知

除了意识外,西西弗斯还有他的记忆。"当世间的情景深深地留在记忆中,当幸福的召唤频频不断,这时,忧愁的情绪自心中涌起:这就是巨石的胜利,这就是巨石本身了。"他带着他在人世间的记忆在阴间滚石,这记忆包括他的"好事多为":偷去神祇的秘密、宁取水的恩泽而不要天上的雷霆、用铁链锁住死神、轻率地考验妻子的爱情、不遵守与哈迪斯(Hades)定下的承诺回到冥府……无论他蒙受的苦难多么严酷,他对被罚的根由绝对清楚,简言之,就是对诸神的轻蔑、对死亡的反抗、对尘世的贪恋。西西弗斯的快乐绝对可以想象,因为正是他把自己推向苦难的石头,他每推动一下石头,都承担着自己的罪过。没有比承担罪过的苦难更悲壮的了,这伟大的悲壮只能是属于英雄的,别忘了,西西弗斯本身的崇高身世:风神埃奥洛斯(Aeolus)的儿子,科林斯城(Corinth)的创建者;凡人岂有作弄诸神的力量。

凡人秉着空白的记忆推石,他无缘无故地被抛掷于推石的现场。这无缘无故决定了他永远的无知,充其量只能为自己虚构不确定的罪状。无知的尽头仍是无知(死亡没有为他提供答案,如英玛·褒曼《第七封印》中的死神:生之秘密,连死神也不知),他连刺瞎自己眼睛的理由(如伊底帕斯在无知尽头终获清明)也找不着一个。没有西西弗斯受罚前(穿梭于人世与冥府之间)和受罚中的过渡转折(你尽管叫它沉沦还是攀升),由始至终给人们准备好的,就只有滚动石头的一个平面空间。

西西弗斯的惩罚,是那么明明白白的来自上面的神祇。塔耳塔罗斯(Tartarus):他推石上山的刑场,明明确确是他的"失乐园",在这个冒犯诸神者被罚以酷刑的地狱之地,还囚着反抗宙斯失败的泰坦族;西西弗斯其实并不孤单。西西弗斯毕竟源自荷马的希腊神话,他与诸神交战、交恶,加缪把西西弗斯诠释为现代英雄,但如果二十世纪当真如尼采所言"上帝已死",如果古典悲剧赖以存在的上帝、英雄以及种种形而上的伟大雄浑已经不复存在,那建立于诸神对立面的西西弗斯也不可能有一席之地。如果世界真的无可复圜地"世俗化",尽地变得卑琐而龌龊(平面空间),那无缘无故推着石头的,只可能是平凡如卡夫卡《审判》里的 K。到最后,恐怕连这石头也是虚幻的。

"人们必须想象西西弗斯是快乐的。"也许连西西弗斯都深深陷入快乐之中(与忧愁同生),恋恋不舍而暗暗期盼着徒劳无功的永无终结(或忘记了死亡之必至)。只有他遥遥无期的必死性(Mortality)可以终结他的快乐(他其实已身陷地狱,死亡还可以什么姿态到来,这超乎我的想象),除此以外,疾病、老朽仿佛与他无关。他似乎永远有坚壮气力推石上山。凡人却不仅必有一死,还会朽腐。当人们开始如西西弗斯般学会从推石的惩罚中支取快乐,把诅咒当成游戏,疾病、老朽、衰亡却随时临来,停止惯性的延续(这点牛顿可没想过),提早告诉你"没得玩了";"永无休止"不是你们可以想象的。

我们不是西西弗斯,我们都是可怜的人间。但愿我所说的都是错的。

二〇〇八年一月

回头我成了一根浮木，或盐柱

二〇〇一年。

其实，你给我任何一个年份，都是一样的。我的脖子都是给拧转了的；二〇〇七、二〇〇三、二〇〇一、一九九七……任何一组数字，都可以成为一个年轮的刻记。关键只是有没有"时间零"，火车穿过壁炉，之后……之后就只能是倒数了。不要回头，回头你会变作一根盐柱，《圣经》的譬喻总是有意思的。但问题是，真是在哪里回头，盐柱就伫立于哪里吗？不一定那么准确，回头的废墟图像是一片瓦砾长河，盐柱的所在一直浮动，无从凝住，毋宁说是一根浮木。

于是，你给我设定二〇〇一年，我会说，嗯，二〇〇一年。那时候，一九九七还不是太遥远之事，千禧刚过，千禧年虫证实为一场雷声大雨点小的集体玩笑。人类基因图谱刚译码完成，科技泡沫爆破。跟着我又说，嗯，二〇〇一年，那时候，我未知道两年后会有 SARS、张国荣会"高飞"、五十万人会上街、董建华会"脚痛"。于是,任何一个年份,都会有了"前"、"后"两个维度,一个定点往前、往后游离,把"在此之前"召唤,把"在此之后"收归,任何一个年份因此都有了比它原来更多或更广的放射性、伸延性或模糊性。当你活到一定年纪,一格一格平均分隔的时间刻度都给打碎,许多"曾经上演",以及许多"尚未发生",过了一段日子,竟然都给压缩搞混在一起,犹如一幅立体主义的岁月拼图;如此活法,应该少不了当事人的主观意志。回头因此不是在准确位置如打桩一般钉立盐柱,而是将过去如经历风暴横扫一样,悉数变成一片拔除了时间刻度的荒原。苍凉的心境于是渐渐有了。

从此,所有的前尘往事都要标示上一个"依稀"——对于一个企图忘记时间的人,这是一个最准确的标记。于是我依稀犹记,曾经有人在文章里议论,到底是二〇〇〇年还是二〇〇一年,才真的是"二十一世纪初"?从某年某日开始,当我们谈及"一九××"年代的事,都常常要在之前加上一个前缀词叫"上世纪"(如我成长时期的上世纪八九十年代)。世纪的进位关乎全人类,却不及我个人年龄上的进位——也大概在这个关口,我由二十年华滑入三十年华,我说不出这进位于我来说,曾是多么的艰难;仿佛有人把你从人生初始的青春期强行拉走,其实你连行李也未打包。但过着过着,原来又可以。

"回不去了","回不去了"——张爱玲语句式于我却逆转成,

223

"前进不了","前进不了"。生命在"前进不了"的旋律下不断前进(如我城之命途吗?),过去我仍有很多东西未及细味,不关乎怀旧,而是,其中应该有着可供书写的我不断发掘细探的记忆宝库(私人的、社会的、历史的、原初的)。过去的封包有太多根本未及打开,太可惜了。

当人生分开成"生活的我"与"书写的我",而后者又逐渐将前者置换取代,时间出现一个奇怪逆转,"书写的我"总是追不上"生活的我"——当你企图书写"当下",未及收笔前,"当下"已迅速溜走;写作总是处于一个"滞后"的状态,追不上来,追不上来,毋庸周游列国,书写者与自己的生活当下,就恒常处于时差之中,或者这也是另一种的"生活在他方"。日常生活智慧都叫人"活于当下","书写的人"却于时间链上徘徊不定,到最后甚至将时间链彻底粉碎——以插叙、倒叙、停格、循环,将时间转化为割断空间碎片等方式,像我的这篇文章本被分派"二〇〇一年",却不由自主或故意地游移延搁以之为回溯或者抗衡吗?

唯一确定下来的是书写(生活逐渐被书写"骑劫"),如我在日记、诗作中总是非常执拗地记下年、月、日,以之为存在的印记。如我清楚记得于二〇〇一年我出版了人生的第二本小说集《病忘书》。这铁定的"二〇〇一年",无可徘徊、模糊或逆转。这小说于过去十五年的我城而言,微不足道,于我却是"二〇〇一年个人大事记"。作品的时间确确凿凿是一回事,所有"作品"都应该是有明晰的时间生成记号的。当时间勾连上文字书写,飘移的"浮木"才甘心归位,被打捞继而在时间轴上竖立成一根盐柱。盐柱上面刻下了属于这年的故事,由一本书的记忆丝线,牵一发而动全身。

如我记起(不再"依稀"了),这一年的夏天,我在埋首完成《病忘书》内的十篇小说。六月进行最后阶段的校对(怎么记得是六月?因为出版社计划在七月的香港书展推出新作,我在最后"冲刺")。这时我是比现在更日夜颠倒的"夜猫子"。一夜通宵把小说集校对完毕,以为大功告成,未几身体就出现毛病了。婴孩期住院的记忆不复存在,在"二〇〇一"这一严格意义上的"世纪初"之年,我回归生命的"原初"之境——我穿上了墨绿方格的病人制服,住进了医院。三出三入,盘桓至九月。怎么记得?因为九月发生了不仅于我城而言,而是于全球而言的一宗世界大事。

二〇〇一年九月十一日,纽约的白天,香港的晚上,飞机插入双子塔的震撼画面,许多人在电视屏幕前时接收,或目瞪口呆,或互相传递着那句相同的话:"真是比荷里活更荷里活!"我却卧在病床,碰巧病房里的电视机坏掉了,于是我成了少数不是盯着电视直播的"现场目击"者,隔了一段时间才由姊姊一通打来医院的电话得知。这"延后"、"非透过影像即时接收"的经验,令我每回思及"9·11"事件时,总难免混杂了一点属于私人回忆的医院福尔马林气味(尽管个人于大事,实是微不足道),挥之不散。

二〇〇一年九月十一日是星期二,因为我记得,翌日星期三,香港是跑马日,病房内很多前一晚精神萎靡的男病人,顷刻竟恢复起精神来,拿着一份薄薄的马经磨蹭画圈大半天;那时候,当我在看着报纸 A1 头条纷纷以"第一场非国与国之间的战争"来形容和分析"9·11"袭击时,我看着周围比我年龄大上一截的盯着《马经报》或听着原子粒收音机的男病人,我一时真是非常模糊,世界大事跟马匹竞赛,到底何者为大?也有一些病人根本神志不清,插着喉管艰难呼吸,世界大事穿墙过壁渗入了医院相形隔绝的生命场,"个人"与"世界"的位置又应如何安放?

时间于"当下"按停(如电影的一个凝镜),我在床榻上将所思所感写成一篇记述/小说《病辞典》,后来收入二〇〇五年的《失落园》(是的,我又把"在此之后"收归;作品的时间一再精确)。

二〇〇一年,我还未想到两年后有 SARS、"哥哥"坠落化成"红蝴蝶",也没料到自己与少年故人重逢,生命出现变奏(重逢,一种命定与偶然的"回归"吗?),生命以"前进不了"的旋律继续前进。这个时候,我也未料到,六年后我来到了纽约"归零地"仍堆叠着一片颓垣败瓦的废墟现场;"9·11"十周年我二度重访,世贸中心一号已巍然耸立,作为纪念碑的"反思池"亦已筑成。阳光洒落池边,我驻足良久,竟然暗暗在怀想废墟,心中默念,罪过罪过。

世界病了,我也病了。书写的人,总有一半或多于一半地,"生活在他方"。回头我成了一根浮木,或者盐柱。依稀犹记或历历在目的,仅写一些,是为对二〇〇一年的随想回溯。

二〇一二年六月

由宁默心驶向忘川

记忆女神——宁默心(Mnemosyne),在希腊神话中,为九个缪斯女神之母。在未有文字之前,悲剧、史诗、抒情史以游吟诗人之口传诵。没有记忆,便无所谓艺术了。然而,只有绝对的记忆亦不行。

小说家波赫斯写有一个著名的短篇小说《博闻强记的富内斯》(*Funes the Memorious*),小说中的富内斯经一次堕马受伤跌跛脚后,拥有了超乎常人的记忆力,能够将所有见过的画面印象巨细无遗地忆记,以至于他回想一天所发生之事,便得花上同等时间的工夫。问题更甚的是,记忆达到如此精确的程度,他脑中装满了无限的具体个别(Particular),他"能直感马匹飞扬的鬃毛、山岗上牲口的后腿直立、千变万化的火焰和无数的灰烬,以及长时间守灵时死者的种种面貌"。在如斯状况下,他根本无法进行任何知识的建立,因为所有知识建立本就有赖于一定程度的归纳和概念化,也即是必要的遗忘。波赫斯给我们想象了一个拥有"超记忆者"的命运,这样的人注定早夭,活着是一个诅咒。

小说《笑忘书》中米瑞克(Mirek)说:"人类对抗权力的斗争,就是记忆与遗忘的斗争。"然而,作者昆德拉亦说:"遗忘:绝对的不公义,同时亦是绝对的安慰。"毋怪乎"记忆泉"与"忘川"(Lethe)同栖于希腊冥府哈迪斯(Hades)之中,记忆与遗忘总是一体两面,创痛的记忆压向下意识底层,通向遗忘的深渊。记忆是宝藏,遗忘也未必不是赏赐。

文学创作之丰富,在于绝对记忆与彻底遗忘之间,有着多种存在的样态。记忆如抽屉,不打开便原封不动,人们通过语言(自言自语、对话)的忆念(Reminiscence)与影像的追忆(Recollection)打开记忆的百子柜,有时刻意为之,更多时来自无意识的非自愿记忆(Involuntary memory),如《追忆逝水年华》的玛德林饼(Madeleine),味道入口,一下子如电击般召唤起主人翁失落的童年回忆,一发不可收拾。记忆与遗忘的拉锯与交战,杜拉斯的《广岛之恋》也极尽深刻和诗意。十二年潜藏的记忆在二十四小时的异国恋中找到复述和移情的对象,爱欲与死亡交锋,以身体铭刻身体,何处是广岛,何处是内韦尔(Nevers)?到最后都成为一个名字,浓缩成地域记忆、战争记忆与个人创伤记忆的一个符号。符号游移,但不一定就比和平纪念馆的纪念仪典(Commemoration)来得虚设,集体仪式常常只是堂皇而空洞的纪念碑,未能令人真的折返过去,批判家阿当诺(Theodor W. Adorno)说"缪斯庵"(Museum)即为"墓冢林"(Mausoleum),实也是有道理的。

在记忆与遗忘的边界,写作潜入,透过召唤、追忆、改写、重构以及谎言等。以至于在遗忘的一端,记忆的"缺席"也不是没有分量的。近读两本当代文学作品都是以失忆者(Amnesiac)为主角的。一是美国作家保罗·奥斯特(Paul Auster)的《书房中的旅人》(*Travels in the Scriptorium*),主角"无名氏先生"(Mr. Blank)一觉醒来,发觉自己被禁锢于密室中,脑内一片空白,忘了自己是谁,只有凭借桌上留下的手稿和照片方可寻得一点蛛丝马迹,这期间不同人士到访,而全程对话则被拍于摄录机之下。异曲同工的有新获诺贝尔文学奖的莫迪亚诺的《暗店街》,主角 Guy Roland对自己的过去一无所知,工作为侦探者在上司退休之时展开对自己身份之谜的侦查,一人的过去牵连几个世代不同国家的故事,好几趟线索抓着了,真相好像快要浮现了,随即又失落了、分岔了。不是没有过去的人(Man Without a Past),而是过去不被记起之人;没有记忆便无所谓身份,"我什么也不是",小说掷地有声的开首语也为判语。原来"忘川"不一定在冥府,它本就流淌于尘世(又或尘世本也是一个地狱),忘川不在彼岸,它本就是贯穿于生命的一条主河——我们终究会奔向的,无论你愿意不愿意。

二〇一五年二月

玫瑰堂里的祷语

Our Lady of Remedies.

又一次我站在你面前。低头。手中没有念珠,但十指紧扣,放在心坎位置。十多年前我站在你面前,那时我还年轻,身之病,从此成为长期病患者,但后来我"痊愈"了,在我身上作"白老鼠"研制的新药在我身上应效了。我不知道这叫运数,甘于/敢于冒险的回报,纯概率(医生说大概百分之十的人有效)的数字还是什么,但我曾来到你面前,有时我也会叫自己相信,是你聆听了。童贞之母对我没有意义,我更喜欢西班牙教徒给你的另一化身——痊愈之母,还是"补救之母"?我多么愿意相信,裂痕可以缝补,断肢可以驳回,只因为那时我还年轻。以为希望是有的。

十多年后,我又一次站在你面前,心之病,灵魂之痛,更无形,无特效药可医,因此更难治愈,更无所谓治愈。我其实很清楚,祷告不过是,另一种形式的自言自语。但有你在我眼前,我便有了倾诉的对象。我不欲对任何可回话互动的人倾诉,各人伤害无人得知,正因为你是一件石膏像又被人投射以超脱的想象,我才可以靠近你。

聒噪是最没尊严的,分享是一个陷阱。

(时代之音:"跟我多分享吧。"

因此我拒绝了时代。也必然为时代所弃。)

沉默可伤,既然已伤得那么重,就不妨多一刀。

用心良苦,终于苦到你弹开。

最后,自由之大,竟是自己在缩到最小之下——无爱无盼望无牵缠无所依,只剩下了写,之方寸下获得。仅余的自由,那么小,那么大。

进入玫瑰堂,踏上木楼梯,二楼有忧苦之母。

忧苦之母藏岩石圣像的头、脚和两手。十八至十九世纪澳门作品。象牙制银造光环和剑。

忧苦之母,你最初一定不是残破的。是经过怎样的断离你才成了,我面前,那断肢残头的模样?最初的完整无人得知,如果曾有过的话。但忧苦之母,破碎不就更加适合你,不就是你的本质吗?如站在你面前的我,也曾渴求完整,而最后必须学习与破碎共存。

要么全,要么无,一半于我没有意义。说的时候还年轻,还倨傲吧。到最后,少于一半的,破破碎碎的,也只能逆来顺受。全然放弃原来是那么的难,那么的激烈。人人最后生命都会给他分一堆鸡肋。蝼蚁偷生。鸡肋的人生好,还是全然无生命好?你有得选择吗?你可以选择吗?

以写和读来填补那不可修补的洞,作为自救的唯一之途,终究也是一场自毁。

Accogli, Signore, la mia preghiera:

fa che, per la mani di

San Raffaele Arcangelo.

Sia portata a Te

E diventi medicina di salvezza.

Amen

(意大利奇维塔韦基亚市的圣母玛利亚雕像,在一九九五年初曾连续流出"血泪"多天。忽记。)

如果美与断崖于同一处,你去不去?

何谓美呢?善良是美吗?还是邪恶才美?强悍才美吗?柔弱也可以美吗?倨傲是美吗?维护自尊至自毁,是美还是可笑?超越是美吗,如果我们无法超越呢?还是下坠才是美?沉下来,沉下来,再沉得低一点,深一点。沉静是美吗?如果沉静变成了喑哑呢?伤害是美吗?鲜血是美吗?如果我们没有将之浪漫化。昙花一现美,还是矢志不渝为美?

善良可以很沉闷。聒噪肯定是讨厌的。矢志不渝不由人,不

233

由你,最终也是没有的。

由美变丑又如何?曾经美若天仙的,后来变丑、变疯。如受诅咒的美杜莎。(蓝洁瑛是现代的美杜莎吗?青春之时,美丽不可方物。她后来受到什么诅咒?是美得遭天妒吗?还是败于自己,或曰命运。可怜弱质女子落入凡间,并无复仇如美杜莎之力量。)

双手摊开,飞坠下来,在盛开之时,将瞬间凝住为美吗?如很多自毁的艺术家、作家。(如成为传奇的张国荣?我们有没有将苦痛浪漫化?)

哀伤是美吗?还是不问不怨不哀伤为美?何谓温柔?温柔到底就是不怨半句、不出恶言,凡事感恩吗?把伤害通通承受过来,以沉静,以破碎。如果从此无法再完整,只能学习与破碎共存,化破碎为力量。残缺也是一种美吗?

问问题是美吗?你问得太多了。怀疑是美吗?动摇是美吗?还是坚信、坚守为美?(还有东西可坚信吗?当你经受,被深爱的人背弃。)

只有幻象才美,真相是残忍的。如果是这样,你愿意留守于幻象,还是活于真实之中?谎言也可以美丽,如果它是白色的。但活在幻象中的人,又是多么的可怜。可怜不美,自怜更伤。

流泪是美吗?如果眼泪有天枯干呢?

痴迷是美吗?如果痴迷如同吸毒。(罂粟花,迷迭香,马鞭草,大麻,海洛因。)你已经变成瘾君子无异。一直迷恋的是一个人,慢慢迷恋的对象不那么清楚,可能是如高潮般的痛感。这样你就成了一个虐痛的人。

记忆为美吗?若美丽记忆回袭时都成了痛楚,你应该设法牢记还是遗忘?当记忆成了形影不离的鬼魂,你如何与之共处?每时每刻同呼吸,也会有窒息之时吗?

思考是美吗?思念是美吗?当思念成疯又如何?当思念的对象长期缺席,成了影子,一天复一天,铺成余生,你可以承受吗?

疯狂是美吗?如堕湖失救的奥菲利亚。如《情泪种情花》的Adele H.（你只是还未疯狂至此?还是庶几近矣?）。

枯萎已经开始,只争长短。

在未及我放弃前世界已放弃了我。

谢谢曾赐我一颗热情果。

如今明白,热情(Passion)就是受难的意思。

二〇二〇年一月

书写 我在写作疗养院中度过若许年

写作疗养院

我在写作的疗养院中度过了若许年。

其间,认识了不少院友,有的在这里已住上百年了,有些新加入进来,各自有不同或共同的理由进来。他们有些是在外头迷路,走着走着就走进来,觉得可以待下去,就一直留守下来,在外边世界,他们也许被列入"失踪人口"而不自知,然而这里不是警察带着巡逻警犬可以搜索得到的地方。这里太过隐蔽,或者应该说,这里的隐蔽性太过特殊,不是外边世界所能轻易追踪的。其中一些也不是慌失失误闯进来的,而是在路上漂泊很久,一直在寻找他们心目中的"应许地",他们在路上颠簸多时,距离各自的家乡出发地越来越远,几乎就要客死路上,几乎就要放弃了,"应许地"寻找不果,却中途来了这所写作疗养院。他们有些,只把这里当作一个中途站,休息一会儿再上路,一些进来之后,却陷入深深的沉默之中,从此无法再写,却一直没有离开。也有一些是被

239

活捉进来的,进来的时候身体负伤着,或者精神已有点异常,好像随时都有自毁的倾向,需要特别看护照料。有的留几天就真的咽下最后一口气,终于得到永恒的安宁,疗养院成了他们生命的墓地。有的带着身心重伤,生命力异常顽强(还是折磨力异常强悍?),在疗养院中活了很长很长的余生。

每个来到这里的人,都有不同的方式。他们不需要入场券、交入院手续费、出示医生诊断书,什么也不要,他们就进来了。门口是一道会变形的门,只对属意的人开启。你若看到它紧紧封闭,如一堵石墙无异,那即机遇未到;你若看到它半掩,那你要自己做出抉择,进还是不进。它真正开启时会变身一道窄门,如门缝漏出一隙曙光,寻找的人可以轻身穿过如骆驼穿过针口,这样的事已经发生了许多许多年。

这个自身可以不断变形、重组的写作疗养院,会给每一位院友提供最适合他们的空间。院友一般都是独立幽居的,他们不习惯与人交流,偶尔疗养院会安排一些放风活动,院友可自行决定参加与否,一点群体生活还是需要的。但总的来说,大部分时候,每人都踏着自己的影子走路。

在写作疗养院中,他们每天都要服用一定剂量的药物"花勿狂"(Pharmakon)。每人服用的"花勿狂"配方都不同,它不是可口可乐有特定的方程式配方,可以大批复制。事实上,世上没有两剂"花勿狂"的配方是完全一样的。即使是同一个人,昨天服的药剂跟今天服的药剂,跟明天服的药剂也不一样,唯独它的最基本组成元素是一致的,这组成元素叫文字书叶,需要"书写者"按照自己的追求、口味、喜好自行采摘。他们每天啃掉一片片书叶,吸取书叶中的营养,经消化、反刍、转化,吐出一串串透明游丝,服之,不为饱腹,而为一种精神灵气。那是一种自我完成的循环系统。

二〇一三年十二月

一个书写者的,不安之书

文字城堡

窗棂已经关严,门锁已经闭上,从今天起我不打算迎进任何人了。如果你看见我跟你微笑,请你明白,中间是隔着一道透明玻璃的。

我已经离开了那个叫"家"的地方,住进了自己一手筑起的文字城堡,我不知道这文字城堡是否比那个叫"家"的地方更广大、更坚实,还是更虚幻,更似泡沫般一触即破,但好歹它是我(或"写作的我")一砖一瓦搭起来的,它已经成了一块石头,它没有门,别人休想叩门进来,但我已经住进去了,俨如一个牢房,囚禁在自筑的牢房中因而感到仅存的一息自由,相对于外头喧闹缤纷的所谓"自由世界"。

这座文字城堡(或废墟)已经花了十七年搭建。十七年,足够一只埋在泥土里的"十七年蝉"羽化成虫。但我的城堡始终没有完成,我甚至越来越相信,它根本就是无法完成的。作品的边界由死亡镶上画框,这完全是听命于偶然的;死亡突如其来之日,也就是我停工之时。没有多少人可以像西西弗斯般愚弄死神,或者像《第七封印》中的中世纪骑士跟死神周旋以申请缓期。

房间与墙

是那个叫柏斯加的哲学家说的吗?"世间的悲剧就在于一个人不能好好地留守于自己的房间。"而我终于也是留守不住了。这悲剧对于一个作家来说或许又更大一些,因为据说如果一个作家不能把自己困在房间,胶在自己的桌椅上,是不可能指望写出好作品来的。写作的房间与其说是一个一般人理解的舒适房间,不如说是一堵幽闭的墙,作家日夜对牢它,自言自语,自我倾诉;墙壁越是单调,作家越有可能进入沉浸的写作状态。如所有的修行都是寄托于单调重复性的隐秘之上(祷告声,敲木鱼的声音,三跪一拜等动作),作家求索于生活的枯燥以期达到笔尖底下的丰盈,犹如一场隐秘而盛大的交换似的。在这意义上,伟大的作家理应是以现实身躯的枯竭为其终站,所谓"油尽灯枯",说来应是一种善终。

当我现实的房间色彩过于绚烂,也就是它失去了作为一面幽闭的墙的作用之时,我离开了它,到外边世界去寻找另一面可以包围我的墙。这样的出走,或者是对现实世界的一种不负责任,但非如此不可,实在是非如此不可,因为我更在乎的,是对写作的忠诚。大前提是先得对"写作的我",负上最大的责任。

所谓小说家,就是一个单打独斗的人。以手掌在墙上做手影摆动,错以为飞舞。不写的时候,你不确定自己是否存在,还是消失。有时真实,更多时候,不是不知其虚幻,而又必须继续进行的。

幽闭之癖

沉溺不了,就没满足回赠,沉溺尽头,就没回头可能。我不过一时之间走远了一点,你是无须太过紧张的。我没有预早告诉你,因为如果我一早告诉你,你一定会禁不住闯进来;你一旦闯进来,我的书桌便不成书桌了。我必须要让自己进入完全幽闭的写作状态,我需要它如同需要空气,对于一个需要空气来维持生活的人,你能指控他什么呢?

写作的沉浸状态太少了,也就是,写作的付出不够,因此写作的狂喜神迷(一种写作的幸福)不太多眷顾你是自然的。

沉迷的状态包括沉思、孤寂、诗意地感受,当然也有消沉、自我开解、自我分裂,以及,对世界的一种背绝。这暂时是我可走下去的活法。

我消失在阅读里,如果一天没有完全进入隔绝的阅读时刻中,就会感到若有所失。

有些时候,我的确想把自己缩小。

或者写作就是把自己缩小,缩在一角,你知道我在,但看不到我。

失败之书

你的思想裂纹处处,怎么可以成为故事?就写关于写作的疑虑、沮丧和失败吗?一场早已注定是失败的游戏?如果失败的人生可以成为故事,那失败的写作呢?没有人有兴趣看的。你跟自己的影子玩耍得太久了,这是很危险的。别以为你写下的东西都可以成为作品,很多都只是垃圾,可怜今时今日要清除这些垃圾,连碎纸机也不需要。没有一个悲壮的作者,自己一个人在家中焚烧稿纸,因为火盆也是不需要的(你家中根本没有)。一切只有 0 与 1,你明白吗?你以为笔尖在运用着文字吗?实情是符号在操控着你，到底你是作品的主人还是你才是它的提线木偶？当你不写不行，难道你不像一个每天要服药的病人吗？有谁愿意听到抱怨，但抱怨跟祷语如何分辨？有谁可以将连绵的抱怨谱成诗歌？像你现在所做着的。私密的腹语，终究也是会有人听到的。

有时候，写作累积的失望已达到一个不能承受的程度。但这种失望的情绪从何而来？是对自己失望，还是对环境失望？多半是前者，我不太对环境抱怨，恐防这是一种推卸行为。但有时候，你又能说得清，难道不是失望的情绪成了写作的火焰，在体内燃烧而引发成一股不死的动力吗？

一种透支生命的写作，失败的情绪累积为了最终熬炼成文字。这样的生命划不划算，我自己也说不上来。

因为并无足够鼓励性，那作家终于死了。你们一直称他为年轻作家，其实，他已经由日出写到日落了。尼金斯基在他的疯狂日记中写道："我今年已经二十九岁了，我觉得说出自己的年龄很羞耻，因为每个人都以为我年轻一些。"格雷的画像原是诅咒。

树上的鸟儿何时不再啁啾，就是我不再唱歌的时候。舞者何时不再起舞，武者也有折腰的时候吗？足球员退役叫挂靴，歌星退休叫封麦，只有大作家才敢说"封笔"，好像高手剑客有剑不拔从此把剑封进剑鞘。而我，只求终生磨剑直至报废。

幸好还有写作，力挽狂澜于颓然。文字于我，近乎一种替代性宗教，不然，何来写的力量。我继续写下来就充实了，同时感到非常空虚，是的，就是这么一回事；在肯定与否定的双重旋律中，理想与虚无碰头，诡异地互相打了个照面："呵呵，原来我们之间，那么近。"

身体书写

头和心的距离有多远？心和手的距离有多远？为了拉近它们之间的距离，你是否已经精疲力竭？

我怀疑多少我是满足不了展露身体的欲望而写作的。

为了写作的欲望，为了欲望的写作。两者之间，如何能够说得清？

你永远看不到自己的眼睛，如同你直接看着别人的眼睛一样（他可能在盯着你，或不）。你只能在镜子中、照片中看到自己的眼睛，但那只是眼睛的影像，不是你原来的那对眼睛。奈睡斯（Narcissus）对湖自照看着自己面孔的倒影，其实不是他原来自身。自恋的企图早已注定是失败的，你永远与自己隔着一道不可逾越的距离，如你的眼睛永远只瞧见前方而看不到后方，说来这是上帝造人的伟大造化，或曰玩笑。人类因此不得不卑微、谦逊，但其中一些，始终拒绝绝对的服从，以此作为生命尊严的最后防线。明知一切早被判定为徒劳，却如灯蛾扑火奋不顾身地投进去。在这个形象中，我看到真正称得上为作家的孤傲身影。

自从我开始写作，我就无法辨认自己了。

与其说写作是驱魔（或曰"净化"），不如说写作是招魂——召唤那流离失所的自己的魂灵，如在泥人口中吹进空气，让他活得稍微有气息起来，尽管也只能维持一瞬间。但断续的瞬间串起来，或者仍是有点分量的。如果可以这样，就不至于太行尸走肉。在这个意义上，写作与其说是魔法，不如说是一种巫术。

肩膊痛

你不过微微转一转头，软骨就在你颈脖内弹奏声音，这声音很难形容，因为只有你一个人听见，像老鼠噬咬骨头，很微弱的，然而又十分清脆。肩膊紧绷，好像一束树根在里头扎根猛然抽搐，然而在肩膊之上，除了你的头颅，并没有长出任何生命。孤独一人，肌肉关节的酸痛却成为你的长期伴侣，形影不离，誓要与你厮守终生似的。

承受多少的痛楚才写得出一部作品，这不好算计，你不想以痛楚作为写作浪漫化的代币。不哼一句，如你一直在荆棘满途的写作路上所做着的，或者错把宁静当作尊严。不哼一句。然而这段文字写下了，又不能不说是，痛楚的呢喃，非常低回的，窃窃私语,我不惊动任何人,请你容许我。

二〇一三年五月

作家的身影,作品的灵魂

好像一轮星光虚幻之后瞬归于无。

颁奖礼翌日,我竟然在笔记上写下此话。此话如今登出来,我当然也顾及会否让人觉得"不懂人情",其实不然,我想说的是荣誉的本质,或者更准确说,写作"显"与"隐"二者的长期角力,吊诡共存。希腊九个缪斯女神,其中一个是司职史诗的,文学当然是艺术的一门,但文学有别于其他一些艺术范畴,如舞者必须携着自己的身体舞动,演员尽管戴着角色面具(Persona),但仍是以自己的形象为载体,而书写,却是以转化为文字的著作为真正"舞台",至于作者本人的身影,常常不是没有自我"擦除"(Delete)的欲望的。我始终记着法国作家杜哈斯的一句话:"身处一个洞穴之中,身处一个洞穴之底,身处几乎完全的孤独之中,这时,你会发现写作会拯救你。"洞穴不是舞台,也照不进阳光,它可以是一间书房、一张书桌、一面墙壁,任何让作家作为"隐修族群"

（Anchorite），可以沉浸进写作之中的沉淀空间。

文学写作静默期

"世纪版"邀文，说可以从出道谈起。这些年来，个人著作中虽然也有若干"自我书写"成分（得奖年度其中出版的《灵魂独舞》，就是一本文字自画像），但直说自己的文学故事，我少有为之。一方面固然跟"让作品飞扬"（如果可以的话），"让作者潜行"的想望有关；另一方面也是自身的故事颇为乏善足陈，基本上就是颇为典型的"文艺青年"一个，一九九七年前后，从投稿给文学杂志、获艺发局资助出版第一本书、参加文学征文比赛获奖，从而展开文学写作之路。相当一段时间，我就是默默地写，"独行侠"地写，跟文坛不太往来，二十多岁完成稚作《伤城记》，约三十岁完成第二本小说《病忘书》，不敢说自己写得怎样，但也可说摸索着写作的可能性，和看到其中的一点跳跃。这可以说是起初的一段"文学写作静默期"。

书本的名字不知是否太强烈了，"一语成谶"，我在校对完《病忘书》文稿的一个通宵后，身体即倒塌了。认识我的文友大抵知道，二〇〇一年我几度留院，众人在电视荧幕目击的"9·11"袭击，我是在医院病房中听闻的，当时病房那部电视机刚好坏了，我没有即时如很多人般受到现场影像的震撼。《病忘书》写及不少社会人性的病态（其中城市空间书写不少），可疾病发生在自己身上，不是想象性、批判性而全然是身体性的，影响了我后来第三本书，结合疾病和自我，暂离血腥而取寓言诗意的《失落园》，同期则完成了香港艺术中心向西西《我城》致敬而委约创作的中篇小说《我城零五》（当时不是没把它想成"我城囧囧"的）。

大抵以上"三部半"小说写得颇为郁结，题材上、心理上，我以人性通常被看为"负面"之物诸如疾病、遗忘、目盲、消失等，为写作和生命的燃料，这多少受中学时期已"中毒"甚深的西方存在哲理小说影响，也跟自己一度沉迷的"蜡烛两头烧"（出自 Edna St. Vincent Millay 诗作）"燃烧哲学"有关（可想而知那时仍是年轻的）。文学首先是"关己"的，作者企图寻找一把自我的声音来应对世界（或与之背弃），以文字写出一片即使未言救赎，但尚可获取生之慰藉、诗意地栖居的方寸。这种转化也是非常静默，全过程几乎在内在完成，但也是在这不动声色的过程中，作品的边界一再僭越自身而溢至书写者身上，写作的焦虑、自疑、沉郁、性别混同、模棱两可等，日积月累也过档到作家身上。

文化跨界写作期

也大概是这时期，在完成了以上"三部半小说"后，由于想稍稍抽离和开拓，也由于实际生活的需要（我一直以文化工作为生，来支持自己的文学书写），我做了一点跨界的尝试。偶然加入电影评论行列，不料两三年间编写出颇有回响的《王家卫的映画世界》《银河映像，难以想象》，前者更在内地由百花文艺出版了简体版。此外，在以往的城市小说基础上，我尝试改以文化微观、较新的角度来书写城市，写成《城市学》，而此书竟又在没预料下获内地世纪文景集团出版成简体版。如果我不写及起始的"文学写作静默期"，我如何解说这一时期的文化/城市书写，所获得的反应是如何有别呢？在电影行业，电影创作和电影评论各有专属，相对来说，文学创作面对的一个大问题是，在创作上你如何出力，作品都很容易在发行、评论另一头瞬间沉寂葬身，文学中人对此甚至已经习以为常。香港文学一向位处边缘，如果说内地出版业近年也活跃于引进香港一些作家或作品，它最初着眼的也是香港作为一个国际城市，所可能打开给中国读者的视野。在电影沉迷一阵子后，又觉必须有所专注，复将写作纳入文学创作和城市文化双轨道，陆续写出《爱琉璃》《亲密距离》《城市学2》《第三个纽约》等作。

流动书桌游子期

从文学跨界至电影/城市/文化研究（其实几者亦非壁垒分明），近年另一"跨界"则是"边境的跨越"：需要动用到作者的身体,一直有"幽闭癖"的作者携着自己的身体上路,在不同城市中作文化和文学交流。如果我一早只写此笔,不知我者一定会以为我是一个性格外向、喜与人交往的人,其实不然。我面带笑容但生性忧郁,我性格随和但也极尽偏执,我与人为善但我亦与人隔着距离。这一切一切,与其说是一个人的表里不一,不如说是自我分裂,以钟摆式的两极摆荡来提取力量,悖论成了自我生命的基调。写作的时候只管写,写完后又不免宣传推广为作品找寻读者。原只希望集中作品,结果你发现不得不先让人记得你的名字,其中的百分之一或会有兴趣打开你的书。活在"表演型"的社会,作家都经常被邀请演说、交流;讲坛、媒体以及文化工业设置舞台让作者亮相,需求的往往是"说话的你",多于"写作的你"(我尽量做到将二者统合)。一切我都明白的,而我自己也暗暗以一物换取一物吧——以修行者般的单调乏味(挨着肩痛,日复日的阅读、思考、写作)换取笔尖底下的丰盛;以文学的"自招病染"换取"自我救赎";分散心力(专栏、教学、电台、文化活动等)以换取可以一直写下去的本钱。"没办法,都是面具",早前参加台北书展,在台北温州街一咖啡馆与作家骆以军聊起时,他吐着烟圈说。原来作家也是有着演员的"面具"的,只是年久月深面具一旦卸不下来渐与表皮缝合,表象成了内在,也是没法子的。我也徐徐地吐出一个烟圈。

每一次交流,都有一个分身从自我中分裂出来(总有另一个

254

"我"是在外的),观察着交流中的我,和检视交流的真正意义。我不懂得只说歌颂的话,自身也是一个不容易彻底相信的人。二○○七年我离港一年,在纽约小住、赴爱荷华大学参加"国际写作计划"等,文学交流是有的,但深刻的到底是文化、种族、语言的冲击。也是在这段日子,开启了我往后在香港作家中较为少有的流动状态,究其实是我本身是一个"无根的人",无家累亦无"后代意识";二○○九年香港公共图书馆香港文学资料室为我办了一个小展,把副题拟为"文学游子潘国灵";原来"作家"与"旅者"这二重身份,也在自己身上重叠了。也是由于香港的生活太过喧闹,文化媒体舞台需要真人现身的拉扯力太强(而我又不善于推却),从某时起,为了守着一张宁静的书桌(或曰"文字创作的回廊"),我也开展了年中出行,在一个城市待下来,为的却是把自己困起来,把自己从俗务中"括"出来(处于括号状态),回到写作的"洞穴"之中,以完成较需持续专注力的作品。我不知道这另一种"钟摆生活"可维持多久,因它也是需要身体支撑的,而尽管多年来我仍被称为"年轻作家",其实亦已写出沧桑与皱纹,微老了。

一切都只是为了写作的凝练,我不知道如何诉说。如果写作要付出那么多的代价,可能有人还会笑你傻呢。现在不是时兴一句话:"认真你就输"吗?但于文学,于艺术,连游戏也该有它的神圣性的,我信。没有中和,没有妥协,有的,只是"两极并存"。是以"一轮星光虚幻之后瞬归于无"，不仅是颁奖礼后的一句感言，它其实也接近写作，近乎于一种欲求。

二○一二年五月

我的"洞穴"与"讲台"

　　当我进入状态的时候,再纷扰的空间我都可以写作,当我不在状态的时候,再宁静的空间也是枉然。写作与空间很难找出一个规律,但又非无。有一段日子我待在家里写,像入定于书房;有一段日子我流浪地写,在旅馆中写,在咖啡馆中写,在路上写,为了暂割与我城俗务和浮躁的牵缠;有一段日子不过想嗅嗅人气,每天乘车回大学图书馆写,周围的学生成了写作的帷幕,其实根本没有交谈。

　　"到处存在的场所,到处不存在的文学",的确,文学的本相总是带着双重性的。作家某种程度上都是"双栖动物",隐喻或直指而言,他同时存在于"洞穴"与"讲台"。何处是洞穴?等于问何处是吾乡(以文字作故乡),很难有人比杜哈斯说得更动容:"身处一个洞穴之中,身处一个洞穴之底,身处几乎完全的孤独之中,这时,你会发现写作会拯救你。"写作者都有隐匿、潜行的倾向,必要的孤独，旷日持久地跟自己玩一场隐秘的捉迷藏。但处于后现代"表演型"社会，写作者时而也走上讲台，转换成"说话者"的另一身份，自我协商其中的距离和交集。他时刻都在玩着一块自制的跷跷板，一头是自己，另一头是另一个自己，在言说与写作之间，在此处与他方之间，在消隐与可见之间摆荡。沉默不一定无言，可见不一定可信，文学的萧条可与文学活动的缤纷共存。

是的，谈文学存在的场所、作家写作的空间，我以为必然同时触及不同层次。日常可见的空间固然重要，如书店、文社、讲座、诗会、文学节以及媒体空间如杂志报纸等，作为生活的人，这些场所自是少不了作家的身影，一定程度它们亦是一地的文化土壤，写作的摇篮。但单说日常性，始终未能完全深入写作的本质。因为在寻常/日常的空间之外，文学还必有一个隐秘的维度，你可能叫它作极限、尽头、晦暗空间、死亡空间。文学家的存在样态，就在日常空间与尽头之间摆荡，在世界迷宫之中走出一条路途，企图在密封的世界中撕出一道裂缝、缺口，真正的文学空间，寄存于种种双重吊诡之间撑开的延异、间隔。在这意义上，文学人是不可能停栖于一点的。

但以上说到日常空间与晦暗空间，看似一实一虚，但两极亦可重叠并存，而且常常亦是如此。因为文学家都懂得或不由自主地以一对"阴阳眼"来观照世界。所谓"阴阳眼"，也就是在眼目所见之上叠加一重"负片"的幽灵想象，于是日常便不止于日常。所以班雅明将拱廊街看成巴黎城市的微缩、从资本主义的盛世中看到废墟和末世。生在我城,有时我也不禁将一幢幢屏风屋苑看作一座座围墙监狱,将越建越大的地铁入口看作一个个血盆大口,或将一条贯穿不同年代海岸线的天桥看作一条时光隧道。又如城中那么多地盘围板,那何尝不是魔术师遮眼法的黑布,之前那幢建筑物尚在,黑布一扯,围板一落,里头的东西倏尔消失了。空间的移形换影,是书写者(特别是小说家吧)的异禀或后天习来的秘技。譬如,他可以将书桌变成面壁的墙,将身体变成写作的羊皮纸,将消失了的九龙城寨联想成波赫士笔下的阿莱夫。世界有很多个城市,但城市之中亦有许多个世界(City Worlds),不同的人群都赋予书写者不同的可能。如果你问作家生活于什么场所,作为一个生活的人和白日梦游的人,那答案必然是多重和犹豫的。我寄居于香港这个地方,但同时浮游于意象世界与寓言空间之中。城市是一个关照的场域(Field of Care),但文学并不囿于城市,大千世界并非城市的总和。香港文学充满城市的故事,但将两者完全等同,又可能不自觉地为前者设限,或添了一个接收的滤镜。城市经验重要,但不足以道尽文学的存在样态。文学不从属,甚至不从属于自己的城市。如书写者总是在入世与超脱、生活与冥想、地方关怀与世界出逃之间,徘徊不定,在与不在,这也是谈"作家存在的场所"之难,但不得不说的。

二〇一六年一月

阅读作为一种表演形式

在香港，诗歌朗诵会不乏，不少喜配上音乐以及舞蹈形体，相对来说，小说的读演则较少见。九年前参加爱荷华大学"国际写作计划"时，参加了不少小说朗读会，大多由作家亲身诵读自己的小说篇章，亦有一些以剧场围读的形式，由不同人演读小说角色，主要以念读为主，配以低度的剧场元素，让观众即时"听"到一篇作品。这些年间偶有想及在香港尝试小说演读，终于在今年八月十三日有了一次较完整的实验机会——长篇新作《写托邦与消失咒》刚出版，水煮鱼工作室找来浪人剧团合作，由我亲自选取小说文本，浪人剧场艺术总监谭孔文担任指导，找来三位演艺学院戏剧毕业生分别演绎小说中三个角色，加上我当一名"说书人"及分演客串一个角色，作了一次长约一小时的小说读演。关于这次小说读演，我只当本文的一个引子。我更想借此谈谈阅读作为一种表演形式的意义。

我们现在读书大多是一人默读，但原来，人类并不是从开始便拥有默读的本领。在阅读历史上，人类经历了漫长时间，才从朗读发展到默读，是以从朗读到默读，甚至可说是一场阅读的革命。《书的演化史》一书提道："在古典时代，书是用来朗读的，再不然就是由受过训练的念书人念给观众听。当时的阅读是一种表演。"这自然跟古典时代普遍识字率不高有关，故出现"念书人"这种特殊角色，将阅读变成一种"听"的集会。另外，古希腊人写的是一种"连续文"（Scriptio Continua），不仅标点符号没有，甚至段落之间亦无断点，可以想象，阅读这样完全不存空隙的文稿相当艰难，文字的间距和停顿，便由"念书人"在朗读的过程中掌握，透过朗读人们才能读"懂"一本书。由古希腊到罗马时代，众所周知罗马人崇尚希腊文化，作品朗读这口头文化被承传下来，以至于发展成贵族阶层的玩意儿——有钱的赞助人会雇用一个朗读者，或在家中养一个奴隶专为他们朗读。我们最近看韩国导演朴赞郁的《下女诱惑》，电影中便出现古堡女主人在其姨丈淫威下，为一众男伯爵朗读色情作品这一情节，明是千金小姐，暗是见不得光的另类奴隶。电影将原著小说的英国背景改为日治时期的朝鲜，背景有异，但豪门这种朗读奴隶其来有自，有这一文化背景认知，看这电影又或添一点趣味。

　　当然，时代不同，如今文明社会人民普遍识字，标点符号早已普及，"朗读者"无论是作为专业的"念书人"还是特殊的奴隶制早已没落,但朗读作为一种表演形式,还是在文艺活动中被承传下来。将文字化为声音,也因此有着回归原始的冲动。但另一方面,有别于纯粹"声演"(如香港电台近年推动的"有声好书"节目),"作品读演"被置入剧场,又添了其他表演艺术的元素。由于通常不是一个有着全布景、戏服等的戏剧,"作品演读"主要还是以文字为本,赋予低度的剧场元素演绎,如角色在朗读时配上音乐、形体、简单的道具、灯光、即兴互动等,以至"作品读演"在形式上又每每有一种现代简约主义的剧场感。当然,这种结合传统与现代的读演表演,并非"代客读书",而只是让阅读有了另一形式的表演可能。古希腊时期作者必须等到有人朗读其作品,将文字化成声音其工作才得以完成,这情况来到中世纪欧洲,僧侣开始以默读作为一种修行后已彻底改变。今时今日,"作品演读"当然也是衍生性的、额外的,它可以为作品打开另一种接收的体验,但不能取代阅读本身,而另一方面,默读也早已不再是僧侣的专利或秘技。看完一场集体观赏的"作品演读",回到自己的空间,一人静默阅读,还是必不可少的日常修行——尽管这修行对于生活急促割裂的现代人来说,好像也越发难得,以致岌岌然有失传之危。

二〇一六年八月

我在油街的日子

父母家住炮台山,油街实现这地方我是不时经过的,但真正与它建立更深联系,还要说到去年十一月,获邀参加"隐匿的鲸鱼歌唱——在油街写作"计划,为期三个月,算是第一个我在本地参与的驻场写作计划。这计划也是油街实现首次举办的,在一个以视觉艺术为主的展览活动场所中,开放地融入了一点文字文学的元素。我是首位参与这计划的作家,但凡开荒牛的角色总添上一份吸引(当然也有疑虑),最初便抱着难得有此机会,何妨一试的心情参与。

犹记去年十月十八日,为这计划到油街实现首次开会时,正值大雨滂沱(翌日发出暴雨警告),一级助理馆长珍妮花穿着水靴上班,凌厉的雨水落在路面角落积聚成一个个浅浅的水洼,天气恶劣无阻这城的持续拆建,前边酒店在拆后边大型住宅酒店在起,重型拆建声如四面楚歌袭来,包围着这幢上百年历史建筑物。

那时心想，未来三个月在这地方不知可实验出什么东西来？眼前的横风横雨比风和日丽更好，离开自家书桌，转换环境，有时就为了迎接多点陌生和未知。

我其中一条思路，自然是从空间和写作的关系探进。这里或需从基本说起。写作有别于其他艺术门类，写作时个人处于独处状态，所需东西一般很少，与写作场地的关系则若即若离、可紧可松。大抵来说，写作的空间（在哪里写？）与写作的对象（写什么？）没必然关系。此所以不少作家以"洞穴"来形容写作状态，作家入定时写作的洞穴就成了一个幻想的天地，眼前的书桌成了灵魂出窍的飞毡，时空调度不囿于周遭，天马行空的作家尤其乐于此道。我形容这状态为"流动的书桌"，或者可说是"写作随身"，当你投入于创作一个作品时，原则上你可以把它带到任何地方写，身处的环境也许对写作状态会产生一点微妙的心理影响，却不必然直接呈现于文字以至于可被辨识出来。但另一方面，在哪里写作，有时又会直接扣连上写作的题材，成为笔下的场景、人物，如文字写生、采风、田野式调查般，旅行书写也属此例，当一个写者同时是旅者时，他将所到之处的所见所闻、所思所感流泻于笔尖，置身的环境直接便是写作灵感的来源。

"在油街写作"计划于我便兼具以上两个方面。一方面我可能只是偶尔将身体和书桌转移阵地到油街实现，继续我原来的写作，另一方面，我也希冀与这地方逐渐建立关系，不仅"在"此地写,也写"属"它的东西,后者应也是所有"驻场写作"的理想,虽然坦白说,是否能建立其中的"转化",我最初参与这计划时心里并没有底,其中的摸索尝试,我想就是一种实验。说到与这地方建立关联,大致来说我从三方面入手,一是油街实现这个固定场所,二是在我参与计划期间在油街实现举办的展览活动,三是从油街实现这地点散发开去,探索到周边的空间。我以英文字"SHE"来概括三者,分别为 Site(场所),Happenings(发生),Extension(外延)。

场所者,起初我会较知性地探索这建筑物的前世今生。譬如,翻开一些香港殖民建筑书籍,看看有没有介绍到这建筑物的历史故事和建筑特色。虽说是历史建筑,原来问起来,也不太多人知道这建筑物的身世。港岛海岸线的推移本身其实可自筑成一个故事。油街实现这建筑物,一九〇八年启用时为香港皇家游艇会会所,想想它就近在海边,扬帆出海自是天然地势。如今立在此地,得靠一点想象力,才能臆想一九三〇年代北角填海工程进行前,现油街实现便是原海岸线之所在,昔日原海岸线上的原有建筑物,就只剩油街实现幸存下来。岁月悠悠但时空断裂,历史转换成文化时尚的资本,静下来时,一个写者如我不期然在内心唤起一种错置并暧昧的时空感受,或者会烙印于他日"属油街写作"的小说中。

在此也当说说油街实现给我做的安排。油街实现作为一片

265

公共空间,它向所有人开放,原则上即使我没参与这计划,想的话也可随意到此地寻找灵感,但"驻场作家"这身份,还是给予我一点特殊的"出入权"(Access Right)。主办方为我准备了一个专属书架,悉心地髹上墨绿色,一个个木方格上放了自己的书和一些文字介绍,经讨论后并挂上一个铁皮信箱,试图逆潮流而走回到手写时代,在计划期间收集有心人投来的书信。专供我写作的位置,则安排在主楼第二楼的一个士多房内,这房间不对外开放,里头放置了一些杂物,并供艺术家们展览时作后台之用。这房间没空调设备,中间放置了一张长木桌,记得第一次随油街实现的科拉和珍妮花参观场地,走进这士多房时,她们问不知这地方是否适合你写作(言下之意包括周遭地盘的声响),我当下回答:"没问题。"事实也确是如此,参加这类计划,找寻陌生感觉更重于营造舒适度,我甚至把周遭地盘的拆建声也当成在这里写作的背景氛围。也是在后来读到英国作家艾伦·狄波顿(Alain de Botton)参与伦敦希斯罗机场"首位驻站作家"时写下的《机场里的小旅行》中,他提到驻场于第五航站时每隔几分钟的机场扩音器广播,并谈到主办方给他在机场内安排的书桌,"这张桌子看起来一点都不适合写作,却反倒因此激发了写作的可能性,从而成为我理想的工作地点",找到一点同感。其实我还希冀有更多的异常。

除了这间"临时写作房"外,主办方也多番说任何地方我也可用(他们工作的办公室除外),包括入口处的育婴房。如是也不仅是能否进出的问题,也牵涉空间功能的转换——育婴房原本当然是用作育婴的,性别上又多为女性所用,但在驻场期间,我也几番待在育婴房中,有时写点东西,更多时却是在这里看书,其中一天,拿着小说《身体艺术家》在看,门半掩,有女看更走过,看进来半觉出奇,而我当下也有点"心虚"起来,想来这也是从没有过的阅读经验。空间以外还有时间的逾越,一夜我在油街实现中央庭园中坐下,靠着昏黄灯光看着香港文学馆主办的"海征文比赛"作品,待到关门之前发出广播时,当地职员非常体贴地前来说,"潘生,你继续留下来也没问题的",如是者好几个晚上"人去楼空"后我仍留下来,试图听听油街静夜时的另一种声音。

是的,一个人在"临时写作房"待下时,场景每多由夕阳滑入傍晚,有时其实也写不了什么,便靠近木窗看看街上的路人,二楼位置不算高,有时给我打量的路人抬头回望窗边的我(许是一个人影),怕将人吓到我又坐回桌边,眼目转向打量杂物房中的木箱、胶箱,抬头看三角瓦顶的木椽铁撑,历史建筑的质感不再停留于书本中,有时走出游廊看看建筑物的大圆拱窗、烟囱、红砖,虽说是殖民时代的爱德华工艺建筑风格,但采用的却是本土建筑素材,建筑物明明"在"时我们常以分心待之,只有凝神静观时才真看见一点儿。我喜欢房中的杏色木窗,特别是那种有着一排孔洞、推开窗时用来锁紧位置的黄铜把手,现在这东西已买少见少了,小时候家中用的就是这种,一件小物有时就是个人与集体记忆的触媒。

是的,这段日子隔周左右到油街实现,平日遇到可攀谈的人不多(游人当然是有的,但一般我只能默默观察),物件不久成了我与这地方建立关系的媒体。譬如,我开始对士多房中的长木桌产生好奇,这张以一块块板木砌成的桌子到底从何而来?是一种专给美工用的桌子吗?经打探才知不然,原来乃来自两年前在油街实现举办的"生活现场"(In-Situ),这计划重现工业时代的手作技艺和生活模式,这张长木桌当时在展场中用来放置衣车,计划完结后留下来作剩余物资。未几我发现"循环再用"遍布于这地方之中,如士多房内的木箱、胶箱,在油街实现关注剩食的"盛食当灶",包括我那个专有书柜也是由上次展览剩下再用的。能够将"剩"变"盛",便是一种美好。

由此我将叙述由"Site"转到"Happening"。发生者,即是我在这三个月期间在油街实现遇到的展览、活动,属暂时性的、一次性的,到下一位作家参与时,遇到的又将完全不同。在我那段驻场期间,油街实现正举办"即日放送"计划,两个展场变身成两个相邻影院,由六个团体轮流接力三星期,注入不同主题的影像艺术以及表演元素。我在这里也看了好些录像以及短片,我特别喜欢放置在这里的椅子,有别于一般电影院一式化的座椅,这里的椅子每张都不一样,放在一起本身就像装置艺术,有一种混杂的凌乱美,原来这些驳杂的椅子都是由民间集来的,又是另一种剩余价值再用。另外，为了营造临时影院感觉，我第一趟来参观时，便发现展场内放置了一个磅重机和两张旧日电影院的皮椅，前者昔日曾放置于酒楼、电影院以至街头，像我这样有了点年纪的，小时候都曾经光顾过这种街头磅重机。久违了，职员给了我一个代币，我踏在磅上，磅重机亮起灯来，轮子转动，未几吐出一张体重卡并附加运程。一次杂志专栏催稿，我便即席以磅重机为题写了一篇"消失微物"。说到物件，亦想到油街实现这场地，在变身成现在这样貌前，在过渡期间曾作考古贮存仓库，由此想到以"物"切入，未来其中一篇创作，就写一篇"油街物志"。

说到物与"发生"，由北京艺术家宋冬构想的"白做园"也必须一说。所谓"白做园"，其实是把油街实现室外庭园的大草坪圈起来，在一年期间开放予公众参与和自由定义，以社区弃用的物资、垃圾，随机生长成一座长满植物的小丘。这人造盆景还需连起另边封着的围板来看，锌铁地盘围板上亮着一排黄色霓虹灯字——"不做白不做，做了也白做，白做也得做"。若将整个场景连起周围大型物业正不断拆建的情境来看，又让人生发更多联想与讽喻。到我参加"在油街写作"计划，"白做园"已进入最后的阶段。平时我们常听"开幕式"，油街实现却别出心裁地为"白做园"的谢幕，安排了一场出动铲泥车、甚有行为艺术意味的"拆幕式"。"拆幕式"进行当日又是大雨的一天，雨水撒进了这三个月的油街记忆中。当铲泥车把吊臂伸进"白做园"拔起了一堆植物时,我在心中默想了八个字:拆建生灭、废弃兴用。在随后的一个多月,我看着它从一片茂盛小丘,逐点逐渐被夷平,至变成一片泥地,再至打回原形。由是除了时、日、月,"白做园"的变化也成了我"在油街写作"的时间坐标;而废弃物,也许是出于一对"废墟之眼",更成了我在油街经验的一个母题。

以上说到物,好像没多接触人,其实不然。平日多独行,但参与这计划时,也做好准备多与人交流。油街职员固然是谈话对象。另外,在这地方,间中会遇到旧友,也认识了一些素未谋面的艺术工作者或爱好者,如在"即日放送"中认识了收藏了很多古董摄录机和旧香港旅行录像的 Craig、在"我与你同在"节目中作一对一演出的年轻艺术家麦影彤、策展人郑得恩、北京艺术家宋冬等。另外,我也把网络延伸于外。这便要说到"Extension"的部分了。

那段日子离开油街实现时,有时会往西步向清风街,有时会往东踱到日夜判若两面的春秧街,沿途漫无目的行走时,常常发现意想不到的生命力,就发生在城市管理主义手臂还未伸及的街道暗角。一次与中大建筑系副教授钟宏亮相约在校内聊天谈起"异托邦",知悉他正在酝酿一个"异质北角"的计划,随后便跟他一起探索这一带的天桥底、怪异的公共空间、废置楼宇及旧式商场等。现在我们正在构思将文学和剧场带到这些角落,如能成事,于我又将是油街写作计划的额外收获和延伸实验了。

说到延伸,从油街写作这个计划,也让我想到其他可能的写作驻场空间,如医院、工厦、机场、废墟,甚至修道院、殡仪馆、红灯区等,在未来或可于这城探索。这些地方各有不同的环境设置,要探索未必需要一个正式身份,但配合得宜的驻场安排肯定可让有兴趣的作家更易进入其中的脉络,尤其不少空间都牵涉不同程度的进入障碍(油街实现作为一片公共空间,这方面本身算是低的)。当然,作家写作不一定需要刻意将自己转换到另一个空间,日常生活常常就是很好的创作养分,但也有时候,离开日常进入陌生的领域,以好奇但不猎奇的眼光观照,又往往可产生一些意想不到的互动和创作。油街实现驻场日子落幕,现在才是开笔结果的季节。

二〇一七年三月

我的手写信时代

　　回想中学,在没有电邮、ICQ、MSN 的年代,执笔伏案写信,构成了我学子生活带有色温的部分。密度也许比不上要向班主任呈交的周记,可也算是默默写,且常常不是短话,一开笔就絮絮绵绵,一字一字织成。对象当然是高度选择性。偏心之必要。我以为,没偏心就无所谓真心的信。女孩子说手帕交,男孩不用,但论其中之情,又庶几近矣。明明天天见,但有时把信投于挚友住处,将文字遥寄于课室之外。后来高中日子遇上因九七问题而来的移民潮,有些书信,就更是名副其实遥寄,漂洋过海至海外国家,空邮信件往返的时间便更长了,也许是那时候开始,我略略知晓,何为等待。写给同学,写给老师,但也曾写给素未谋面的——中学四年级时在西报《南华早报》看到征笔友一则,同城居住就读协恩书院的一个女子,一通就是十多年,至出来做事,但始终不曾相见。

在这些写信的韶光,如果有一个闪回镜头,有一个应算是浪漫也爱美的男孩,会到文具店挑信纸配信封(回头检视,带着时代烙印),写信怕那些原子笔有墨"屎",会用蘸墨水的钢笔或者铅笔,写错字会涂(不是在上面画交叉),回想起来,除了笔迹(这方面要请教笔迹专家),写信的行为细节本身,多少就是写信人性格的反映。

这些年投出的书信散落世界不同角落,写的时候偶尔嘱咐常联,但日后明白,即使曾经交心,绝大多数人不过在人生路上伴行一段路,种种因由尔后各自上路以至决然消失于彼此生命的轨迹中。而我写给对方的书信呢,我偶尔想,多半也是随各种因由而散佚以至于弃掉,独是傻傻的我,多年来一直把别人写来的信封存,多次搬家也不曾弃掉。当时间拉得越来越长,我开始模糊,我留着的是昔日的一份人情,还是只是物件本身。尘封的书信,偶尔翻开像出土文物,泛黄的书信,像树木般默默长了年轮。

然而最割舍不了,最窝心因此后来可能也最揪心的,始终是情信。执爱者如我同时也执着于文字,曾经以为,不曾鱼雁往返无以称作恋人,文字不是一切,但生命的交碰有多深,书信的往来也有多深,字字铭刻着向对方吐露心肠的印痕。可日后分离呢?曾经的印刻如何对待?生命中曾于雨伞运动重逢故人,我原不该开始写信,写下"偶然是否也是一种念力"的字句,情动如情挑,彼此书信一发不可收拾。但后来呢,自是野火花的命运。野火花直

273

烧到身上来。野火花的季节过去了。那一字一句的书信该如何安放？对方走了，留下不少物，但离开前把一封封信打包带走。那么郑重其事，那终究还是重视吧。类似情景也许亦曾发生在你身上。当然我也听过，有人狠狠地烧掉所有信件（我想那么狠狠，那终究又是紧张，不然干脆丢进垃圾桶便算了）。曾经的生命印刻日后成了滑过心房的刀锋，也许不尽是对错，我们都脱离不了世界，失望是这世界的海洋。生命还执迷者以幻灭，好让他彻底了悟，破执就由放手开始。将书信留下，封起，不否定过去但跟现在已无关了，埋藏跟埋葬很相似。

于此，物质性的东西便始终有它的魅幻。情信用火烧（达明一派旧歌：《那个下午我在旧居烧信》），何曾听过用碎纸机？"嘭"的一声，干脆利落，碎纸机只宜销毁公文。发黄、皱褶以及虫蛀，在阳光下飘起尘埃，凡此种种，如旧笺如菲林照，进入电子世界，就无关宏旨。变得不相干的还有量词：一束束、一摞摞。必须承认，近年一些书信也以电子邮件承载（当然大部分电邮非书信），写的时候也是用心的，而电邮的信，仍可以一封封来量计。当然，消失其中的是字迹，如果你与某人通信一直只用电邮，你可以永远不知其字迹（还重要吗？）。电邮信也好，即时传达，但未必即时被看。但电邮跟手写书信尚有一个微妙分别。书信一般寄出鲜有留个印本，所以才出现后来一些人向对方讨回书信（这又是情信的另一种下落）的故事，但若是电邮信，在邮箱中本就有备份,除非自己删去,那就没有讨回的执拗或需要。

　　信的内容还可以电邮传递。那时代再"发达"至短讯呢？那就牵涉媒体更本质的转换。讯无法以"封"计(量词是"则")。更本质的是,由"信"至"讯"(广东话二字同音),信物的"信"、信靠的"信",一不留神滑入信息的"讯"、讯息的"讯"。无可复圜,无人深究,留下执字者自个神伤。而临别前把一封封信打包带走的她,一段日子也继续捎来短讯,有时也不短,篇幅几近信,于是我又变得模糊起来,企图凭一己之力改变媒体用途,如我曾写下的一首诗：

　　　　　　在我初识你的时候

　　　　　　你是一个有信的女孩

　　　　　　我们以雪花飞片的信开始

　　　　　　我们都不喜欢滑手机的讯

　　　　　　没想到,及至后来

　　　　　　你也加入了时代的行列

　　　　　　我应怎解释这变化呢

　　　　　　变化的力量大于个人

　　　　　　不是你把我推走,而是

　　　　　　时代把你拉远了

　　　　　　只有固执的我固守原地

也不。为了亲近你

我也进入有讯而无信的时代

企图在你世界

撒落一点碎落的话语

但我终究还是弃守。

并非无念,我只是无法再套上短讯的"紧身衣"。

二〇二〇年四月

"小说家的散文"丛书

《佛像前的沉吟》　　　　二月河　著

《宽阔的台阶》　　　　　刘心武　著

《永远的阿赫玛托娃》　　叶兆言　著

《鸟与梦飞行》　　　　　墨　白　著

《和云的亲密接触》　　　南　丁　著

《我的后悔录》　　　　　陈希我　著

《打败时间的不只是苹果》须一瓜　著

《山上的鱼》　　　　　　王祥夫　著

《书之书》　　　　　　　张抗抗　著

《我觉得自己更像个

　　卑劣的小人》　　　　韩石山　著

《未选择的路》　　　　　宁　肯　著

《颜值这回事》　　　　　裘山山　著

《纯真的担忧》　　　　　骆以军　著

《初夏手记》　　　　　　吕　新　著

《他就在那儿》　　　　　孙惠芬　著

《总有人会让你想起》　　肖复兴　著

《我们内心的尴尬》　　　东　西　著

《物质女人》　　　　　　邵　丽　著

《愿白鹿长驻此原》　　　陈忠实　著

《旅馆里发生了什么》　　王安忆　著

《拜访狼巢》　　　　　　方　方　著

《出入山河》　　　　　　　　李　锐　著

《青梅》　　　　　　　　　　蒋　韵　著

《写给北中原的情书》　　　　李佩甫　著

《星斗其文，赤子其人》　　　汪曾祺　著

《熟悉的陌生人》　　　　　　李　洱　著

《一唱三叹》　　　　　　　　葛水平　著

《泡沫集》　　　　　　　　　张　欣　著

《写给母亲》　　　　　　　　贾平凹　著

《无论那是盛宴还是残局》　　弋　舟　著

《已过万重山》　　　　　　　周瑄璞　著

《众生》　　　　　　　　　　金仁顺　著

《如果爱，如果不爱》　　　　阿　袁　著

《故事与事故》　　　　　　　蒋子龙　著

《回头我就变了一根浮木》　　潘国灵　著

（以出版时间先后排序）